Чингиз
Абдуллаев

Чингиз Абдуллаев

Западный зной

Убийца достал пистолет с глушителем. И в этот момент Ползунов, словно очнувшись, бросился на «ликвидатора». Комната была небольшой, здесь невозможно было развернуться, и это обстоятельство роковым образом сказалось на действиях убийцы. Он оказался достаточно близко к своей жертве. Ползунов был не просто бывшим штабным офицером, он прошел Афганистан, где от мгновенно принятого решения часто зависела его жизнь. Именно поэтому он сразу обернулся и, заметив направленное на него оружие, прыгнул на убийцу.

МОСКВА

ЭКСМО

2007

UDK 82-3
BBK 84(2Рос-Рус)6-4
 А 13

Оформление художника *А. Саукова*

Абдуллаев Ч.А.

А 13   Западный зной: Роман / Ч.А. Абдуллаев. — М.:
Эксмо, 2007. — 288 с.

ISBN 5-699-20064-9

Бывших разведчиков не бывает. Полковник КГБ в отставке
Тимур Караев убедился в этом, когда его пригласили в тайную организацию «Щит и меч». Цель организации — розыск и ликвидация перебежчиков-предателей, выдававших иностранным разведкам государственные тайны России. Задание, которое поручили
Караеву, стало настоящим ударом. Оказалось, что его недавно умерший друг и коллега по работе в органах Павел Слепцов был предателем. Это неопровержимый факт. Теперь Тимуру предстоит отыскать глубоко законспирированного связного Слепцова. Об этом человеке ничего не известно, кроме его оперативного псевдонима —
Дровосек...

УДК 82-3
ББК 84(2Рос-Рус)6-4

ISBN 5-699-20064-9   © ООО «Издательство «Эксмо», 2007

Я не только поэт доброты, я не прочь быть поэтом злобы. Что там болтают о распутной и о праведной жизни? Зло толкает меня вперед, и добро меня толкает вперед, между ними я стою равнодушный.

Уолт Уитмен
«Песня о себе»

Мы же подзуживали, возбуждали их похоть, предлагали им секрет, пустее которого не бывает, потому что не только не знали секрета и мы тоже, но мы еще вдобавок и знали, что наш секрет совершенно пуст.

Умберто Эко
«Маятник Фуко»

Кто проявляет жалость по отношению к врагу, тот безжалостен по отношению к самому себе.

Френсис Бэкон

Лас–Вегас. Штат Невада. США. 18 мая 2006 года

Когда у человека много денег, все его проблемы кажутся надуманными и несерьезными. Когда денег очень много, проблем не бывает вообще. Когда их столько, сколько невозможно потратить, они иногда превращаются в проблему, куда их вложить и как с умом потратить. Когда денег нет совсем, появляются другие проблемы. Но это уже проблемы иного характера. У каждого они свои. Перефразируя классика, можно сказать, что все богатые люди могут иметь проблемы, но все небогатые люди гарантированно имеют свои проблемы. У Таира Хамидуллина были проблемы иного рода. Он был относительно богатым человеком. А по меркам обычного обывателя — очень богатым. На его счетах было около миллиона долларов, и он с удовольствием приезжал в столицу игорного бизнеса — Лас-Вегас, чтобы в очередной раз попытаться ухватить свою птицу счастья.

Однажды ему уже удалось сделать почти невозможное. Это было в далеком девяносто втором году, когда он работал представителем российской внешнеторговой фирмы в Стамбуле. Прекрасно владевший английским и турецким языком, он получил туда назначение еще в начале девяностого. До этого у него были лишь служебные командировки в страны Европы. Стамбул поразил своими необъятными размерами и ночными клубами, своей энергетикой и казино, которые были открыты почти в каждом крупном отеле. Никогда не игравший в азартные игры в Советском Союзе, молодой человек пристрастился к походам в казино в Турции.

Это не могло не сказаться на его работе и на его зарплате. Отныне он проигрывал почти все свои деньги в казино, вырабатывая свою собственную систему. Как и большинство людей, посещающих игорные заведения, он был убежден, что, выработав свою собственную систему, сможет победить.

Никакие математические законы, положенные в основу игры в казино, его не убеждали. Ведь трудно объяснить любому непосвященному, что вся система игры в казино построена именно на этих математических законах, при которых гость гарантированно будет в проигрыше.

Хамидуллин начал проигрывать крупные суммы. Чтобы отыграться, он начал занимать деньги у друзей и знакомых. Постепенно сумма долга достигла астрономической цифры в восемьдесят тысяч долларов. Это было почти катастрофой, учитывая специфику работы молодого человека. Только недавно получивший звание майора, он работал в Турции под прикрытием внешнеторговой фирмы, осуществляя координацию действий агентуры на западном побережье страны.

Когда долги перевалили за восемьдесят тысяч долларов и их нужно было срочно выплачивать, оставалось два выхода. Либо пустить себе пулю в лоб, либо найти возможный источник финансирования своих прихотей. Был и третий вариант, достаточно экзотический, — попытаться выиграть в казино. Но он слишком часто проигрывал последние деньги, чтобы пытаться еще раз. Денег просто не было. Его молодая супруга не смогла даже вылететь к родителям в Казань, так как он вернул билеты и сыграл на них в казино. Игра стала его страстью. Резидент советской разведки в Стамбуле уже дважды делал ему серьезные внушения.

К этому времени уже наметился очевидный распад некогда великой державы. В августе признали независимость прибалтийских республик. В декабре девяносто первого года Горбачев объявил о сложении своих полномочий и распаде Советского Союза. За несколько месяцев до этого разведку отделили от контрразведки, создав другое ведомство. Рушился привычный мир. В августе девяносто первого года была запрещена Коммунистическая партия, и секретарь партийного комитета генерального консульства, так строго и часто распекавший Хамидуллина, вдруг оказался не у дел. Более того, прекратила свое существование сама партийная организация, и теперь можно было посещать казино, уже не думая о моральном облике советского человека. Работавшие за рубежом тысячи специалистов, дипломатов, разведчиков не совсем понимали, что происходит в их бывшей стране. Каждый сам выбирал, как ему поступать. Таиру было легче. У них с женой не было детей, и они были более мобильной парой, чем все остальные.

Если бы не общая неразбериха, царившая в Москве, если бы не все эти потрясения и не пагубная страсть к игре в казино, возможно, Таир Хамидуллин и остался бы относительно честным человеком. Но испытание оказалось слишком сильным. И еще на нем висел долг в восемьдесят тысяч долларов.

Именно тогда он предложил свои услуги американцам. В октябре девяносто первого. Они с удовольствием пошли ему навстречу, выплатили все его долги и даже начали финансировать некоторые его мелкие расходы. Ему казалось, что он в любой момент сможет прервать эту связь, но выплаты американцев были подобны наркотику, от которого он уже не мог отказаться. И именно в этот момент в Стамбуле появились таджики.

В их независимой республике уже шла ожесточенная гражданская война. В начале девяносто второго в Стамбуле появились двое покупателей из Душанбе, чтобы приобрести необходимое им оружие. У покупателей были деньги, у Хамидуллина были нужные связи и продавцы. Переговоры прошли довольно быстро. Но приехавшие таджики даже не подозревали, что работавший под прикрытием внешнеторговой российской компании Хамидуллин был сотрудником внешней разведки. Разумеется, он исправно докладывал о ходе переговоров своему резиденту в Стамбуле, который передавал сообщение в Анкару и далее в Москву.

У таджиков на счетах было десять миллионов долларов, на которые они должны были купить оружие, чтобы решить исход войны в свою пользу. К этому времени в Восточной Европе скопилась масса бывшего советского оружия. Еще больше было в республиках бывшего Советского Союза. С одной стороны, все новые страны нуждались в качественном оружии, а с другой — продавали все, что можно было продать. А некоторые министры обороны даже содержали свои доморощенные армии на подобные деньги.

Хамидуллин тогда принял решение. Он был еще относительно молодым человеком, ему было только тридцать три года. Альянс с американцами не мог долго продолжаться, рано или поздно его бы все равно вычислили в Москве. Реакция на предательство была предсказуемой. Его бы отозвали в Москву, предали суду и расстреляли, как это было с десятком других разведчиков. Возможно, в новой демократической стране его бы не стали приговаривать к смертной казни, а тихо удавили бы в тюрьме. Но в любом случае исход был ясен. Он уже тогда решил для себя остаться на Западе при первой возможности. Не в Турции, а именно на Западе, в США или в странах Западной Европы, где можно было остаться на жительство. Он всегда мечтал о такой жизни, еще когда впервые в восемьдесят третьем попал в Западную Европу. Когда впервые увидел этот западный рай, западный зной.

Оставалось убедить таджиков, что деньги можно и нужно потратить с пользой для себя, а не для истребляющих друг друга «юрчиков» и «вовчиков», как тогда называли себя обе стороны. Таиру пришлось несколько дней обрабатывать упрямых гостей. Один, молодой человек лет тридцати, сразу все понял. Другой, мужчина лет пятидесяти, упрямо сопротивлялся. Он искренне считал, что народные деньги нужно тратить на нужды народа. Советская идеология «испортила» его так сильно, что переубедить этого упрямца не было никакой возможности. Таир предлагал помочь им перевести деньги в другие банки и получить убежище где-нибудь в Европе, чтобы не возвращаться в охваченный пламенем гражданской войны Таджикистан.

При этом он получал «скромные» сорок процентов, а остальные шестьдесят оставлял своим партнерам. Но уговорить руководителя делегации ему не удавалось. Тогда он встретился с его молодым коллегой без свидетелей. Два раза. И обо всем договорился. В конце концов, если есть проблема, ее можно устранить. И получить нужный результат с гораздо меньшими затратами. Во время очередного ужина руководителю делегации стало плохо. И пока вызвали врачей, пока они приехали, пока разбирались, несчастный умер у себя в номере.

Турки долго не отдавали тело погибшего, уверяя, что он был отравлен. Но второй член делегации, возмущаясь, доказывал, что отравиться их руководитель мог только в местном ресторане. Через два месяца тело несчастного отправили на родину. Никто так и не узнал, что Таир сумел достать сильнодействующий яд, который и решил все проблемы. Деньги он перевел в голландский банк, откуда разбросал их по разным счетам. У него, правда, возникла мысль решить таким образом проблему и с молодым членом делегации. Но тот был очень осторожен и даже не пил воды в присутствии Хамидуллина. Пришлось оставить ему четыре миллиона долларов. Впоследствии выяснилось, что Таир все сделал правильно. Этот молодой повеса, получивший деньги, даже не уехал из Турции. Он купил себе роскошный дом, устраивал загулы, проигрывал огромные суммы в казино. В конце концов, из Душанбе прилетели еще двое суровых мужчин, которые решили все проблемы нового миллионера. Его нашли в собственном доме с простреленной головой. Дело можно было считать закрытым.

Таир Хамидуллин честно отработал на американцев. Он сдал им всю агентурную сеть бывшей советской разведки на западном побережье Турции. А заодно в Болгарии и в Греции, с которыми он также работал. Получив приказ вернуться домой, он забрал свою жену, сел в машину и просто приехал к своему связному. В тот же день его отправили в Америку. Два года он терпеливо ждал, пока сумеет воспользоваться своими деньгами. Его жена, с которой он переехал в США, довольно быстро его бросила и уехала обратно в Москву. Он ее не задерживал. В конце концов, если ей нравится быть нищей у себя на родине, то она может вернуться к своим родителям в Казань.

Через два года ему назначили небольшую пенсию и предложили выбрать место жительства. Когда ему объявили о сумме, полученной за предательство, он внутренне усмехнулся. На эти деньги можно было выжить, но нельзя было жить. Он переехал в Сиэтл, где купил небольшой домик. В конце девяносто четвертого Таир Хамидуллин наконец стал свободным человеком, имеющим на счетах более пяти с половиной миллионов долларов. Это было время взлета американской экономики. При Клинтоне она росла как на дрожжах, особенно акции технологических компаний. Основной враг в лице Советского Союза был повержен, стоимость нефти упала до восьми-девяти долларов за баррель, в государственном бюджете ежегодно рос огромный профицит, доллар укреплялся по отношению ко всем европейским валютам.

Хамидуллин вспомнил все, чему его учили сначала в МГИМО, а затем в разведшколе. Он рискованно играл на бирже, покупал акции ведущих компаний, вкладывая деньги в новые технологии. Уже к девяносто шестому он имел более двадцати миллионов долларов. Он даже послал своей бывшей жене десять тысяч долларов, когда она позвонила ему, объявив о смерти своего отца. Таир женился, его супругой была американская гражданка и гречанка по происхождению, племянница одного из самых известных греческих меценатов в Америке. В девяносто восьмом Таир даже хотел приехать в Москву, но помешал дефолт. Казалось, все идет прекрасно. Но пагубная страсть к игре не оставила его в покое. Первый раз он сорвался в Атлантик-Сити, проиграв более миллиона долларов.

И с тех пор уже не мог остановиться. Он забросил свой бизнес, развелся со второй женой. Игра стала его всепоглощающей страстью, благо денег у него было достаточно. Он не всегда проигрывал, иногда даже выигрывал. В две тысячи третьем он выиграл в Лас-Вегасе более трехсот тысяч долларов. И это только утвердило его во мнении, что в казино можно выигрывать. Через месяц он проиграл всю эту сумму плюс еще сто пятьдесят тысяч своих денег, но воспоминание о выигрыше было подтверждением его теории возможной победы в этой игре.

Теперь он часами просиживал за рулеткой или играл в покер, сидел у игральных автоматов, делал ставки на скачках. Постепенно деньги заканчивались. К началу шестого года на его счетах уже было чуть меньше двух миллионов долларов, лишь одна десятая того богатства, которым он владел еще шесть-семь лет назад. В этот день он отправился в свое любимое казино «Мираж», чтобы снова попытать счастья. Ему казалось, что сегодня он сможет выиграть. Некое предчувствие чего-то необычного волновало Таира с самого утра. Он верил в свою интуицию, даже не подозревая, что этот день окажется последним днем его пустой жизни.

Москва. Россия.
17 мая 2006 года

Генерал Большаков сидел в своем кабинете, когда раздался звонок мобильного телефона. Иван Сергеевич несколько озабоченно посмотрел на аппарат. Номер его телефона знали только несколько человек. Подумав немного, он взглянул на телефон и только после пятого звонка взял наконец аппарат.

— Слушаю вас, — сдержанно сказал Большаков.

— Извините, что вас беспокою. — Он узнал знакомый голос Давида Александровича. — Я хотел у вас узнать: как нам быть с этим полковником?

— Вы говорите о нашем знакомом, с которым я встречался? — уточнил Большаков. — Нужно немного подождать. Я внимательно прочел его досье. Он очень опытный аналитик. Но временами бывает не совсем управляемым. Нужно его немного направлять.

— Вы советуете нам подождать?

— Он пока размышляет, — напомнил Большаков, — и не будем его торопить.

— Мы еще не закончили проверку. — Все-таки Давид Александрович недолюбливал этого человека. — Вполне вероятно, что он мог быть тем самым связным...

— Не нужно по телефону, — перебил его Большаков, — я думаю, что он нам как раз подойдет.

— Вы же знаете, что все материалы по Скандинавии мы проверяем особенно тщательно.

— Правильно делаете. Но у нас пока нет никаких фактов против нашего нового знакомого. Если не вспоминать его связи с исчезнувшим другом.

— У них была не связь, а дружба.

— Тем более. Мы можем все проверить еще раз.

— Вы сами сказали, что он неуправляемый. Зачем нам такой?

— Именно поэтому, — сказал генерал. — Мы устали от управляемых подонков, готовых на все ради денег или карьеры. Пусть будут неуправляемые. Они хотя бы честные и порядочные люди, которые еще не успели забыть такие слова, как честь или родина. У таких людей, как он, есть некие идеалы: если хотите, свой стержень. В наше циничное время это дорогого стоит. Я думаю, что все будет в порядке. Не беспокойтесь.

Он положил трубку. Потом, немного подумав, поднял трубку внутреннего аппарата, набирая нужный ему номер.

— Как у вас с Караевым? — спросил он.

— Все в порядке. Он вернулся домой, звонил два раза. Своему сыну и другу. Подполковнику Малярову. Тот приехал к нему, и они долго разговаривали. Запись беседы у нас есть.

— Общий тон?

— Подавленный. Он явно размышляет. Советовался с Маляровым. Но пока не принял решение.

— Держите его под контролем. Чтобы не было никаких сбоев.

— Мы понимаем.

— Пришлите мне пленку, я хочу ее прослушать.

Большаков положил трубку. Если Караев примет верное решение, то они возьмут его в свою организацию. Полковник должен понимать, что отставных чекистов не бывает. Бывший полковник КГБ и ФСБ должен выбрать, на чьей стороне он хочет сражаться. Сражаться во имя тех идеалов, в которые они обязаны верить.

Амстердам. Голландия. 18 мая 2006 года

Он вошел в зал и огляделся. В глубине зала за столиком сидел высокий мужчина, заказавший себе стакан апельсинового сока. Вошедший подошел к нему и сел напротив. Почти тут же появился официант. В этом аргентинском ресторане самыми популярными блюдами были мясные блюда гриль, приготовленные на углях. Но второй вошедший попросил кружку пива. Официант разочарованно отошел, чтобы сразу исполнить заказ.

— Здравствуй, — сказал пришедший сюда первым мужчина, — как добрался?

— Плохо. С двумя пересадками. Как будто нельзя взять обычный билет из Москвы до Амстердама, — пожаловался связной. Это был мужчина среднего роста со стертым лицом и незапоминающейся внешностью. Его собеседник был высокого роста, в очках, с тонкими, кривившимися в иронической улыбке губами, с высоким лбом, ровным носом. Его можно было принять за немца или англичанина.

— Обычный билет взять нельзя, — добродушно

сказал он, — ведь тогда легко вычислить, куда ты ездишь и с кем встречаешься. И мне нельзя просто так ездить туда и обратно. Очень легко проверить, когда проходишь государственную границу. Гораздо легче работать в Шенгенской зоне.

— Я знаю, знаю. — Он замолчал. Официант принес кружку пива и подставку под кружку. А также тарелку соленых сухариков. Положив все на столик, он ждал, когда новый гость сделает основной заказ. Но тот кивнул ему, разрешая отойти. Официант вздохнул и отошел. Во всем мире официанты одинаково любят, когда клиенты делают крупные заказы.

— Ты привез данные? — уточнил первый незнакомец.

— Конечно, привез, Фармацевт, я все вам привез. Первый — Ашот Нерсесян, живет в Малаге. Второй — Анри Борнар, живет в Лионе. Все данные здесь записаны. — Он положил на стол маленький конверт.

— Что это такое? — не понял Фармацевт.

— Флэш, — пояснил связной, — можно использовать в любом компьютере, в любом ноутбуке.

— Я знаю, как их использовать, — недовольно сказал Фармацевт, — но раньше вы присылали сообщения на дискетках.

— Техника уже другая, — улыбнулся связной, — все меняется.

— Все, кроме нашей работы. — Фармацевт взял

конверт и положил его во внутренний карман. — А почему Борнар? Мы разве уже перешли на иностранцев? Решили поменять правила игры?

— Он работал на нас. Потом сдал, — пояснил связной, понизив голос.

— Ясно. Я все понял. Срок обычный?

— На ваше усмотрение. Но желательный срок — не больше месяца. Там указаны и счета. Меня просили узнать, что вам нужно.

— Ничего не нужно. Следующую встречу назначим после выполнения этих поручений. Между прочим, в Дудерштаде вы меня серьезно подвели. Она была не одна.

— Каким образом? — встрепенулся связной. — Мы все проверили. Она жила одна в своем доме.

— Нет, не одна. На воскресенье к ней приехала семья дочери, которая жила рядом. И оставили у нее внучку. Когда я вошел в дом, там была кроме хозяйки квартиры и ее внучка. Почти грудной ребенок.

— Господи, — ахнул связной, — вы убили обеих?

— Тебе нельзя работать связным, — сказал Фармацевт, — у тебя плохие нервы, не умеешь нормально анализировать и делаешь поспешные выводы. Конечно нет. Я не убиваю детей. И я не убийца. Профессионалов моего уровня уже почти не осталось. Ребенка я перенес в манеж, и она там заснула. А с бабушкой быстро разобрался, чтобы ребенок ничего не видел. Еще вопросы есть?

— Я все понял, — дрожащим голосом сказал связной, — я все передам.

— И закажи себе мясо, — посоветовал ему Фармацевт, вставая из-за стола, — здесь великолепно готовят мясо. Лучше возьми микст, там будет всего понемногу. Нельзя назначать встречу в аргентинском ресторане и не есть мяса. Это сразу вызывает подозрение. До свидания.

Он сделал несколько шагов за спину связному. Тот почти сразу обернулся. Но его собеседник словно растаял в воздухе. Когда к связному снова подошел официант, он заказал ему мясо. Официант уточнил, любит ли гость мясо с кровью. Нет, сразу получил он ответ. Не нужно с кровью. Когда официант отошел, связной еще раз оглянулся. И на всякий случай пересел на другое место, чтобы видеть входивших и выходивших людей. На то самое место, где сидел Фармацевт. Лицом к дверям.

Москва. Россия.
18 мая 2006 года

Тимур Караев сидел на кухне. Он не знал, как ему поступить после разговора с генералом Большаковым, который предложил ему работать в организации, о существовании которой он даже не подозревал. Оказывается, в середине девяностых бывшие сотрудники МВД вместе с немногочисленными профессионалами, оставшимися в органах внутренних дел, решили создать специальный отряд «Радуга», который начал беспощадную борьбу с криминальным миром. Наиболее известные преступные авторитеты были убиты. Остальных подставляли под криминальные разборки соперников. В начавшихся войнах преступных кланов погибло в несколько раз больше бандитов, чем от рук сотрудников правоохранительных органов. Война между бандитами и ворами была настолько беспощадной, что иногда вырезались целые банды, состоящие из нескольких сот человек.

После прихода к власти нового президента было решено создать подобную организацию и на базе сотрудников бывшего КГБ, уже разделенного на несколько организаций. Деньги нашли сразу. В стране было достаточно патриотически настроенных бизнесменов, которые охотно давали деньги. Оставалось выбрать главную цель. Для начала исполнить постановления советских судов, вынесенные в конце восьмидесятых и начале девяностых по офицерам спецслужб, перешедшим на сторону врага и предавшим своих товарищей. В большинстве своем такие поступки карались смертной казнью. Но после общего развала страны и самого Комитета государственной безопасности всем казалось, что о таких предателях просто забыли.

Была создана организация «Щит и меч», которая занялась поисками нужных аналитиков и исполнителей. Чтобы получить доступ к агентурным сведениям в других странах, нужны были деньги. За определенное вознаграждение удалось найти осведомителей и на другой стороне. Собственно, в этом всегда было преимущество советской разведки. Кроме денег были и моральные принципы, которые являлись приоритетными для советских разведчиков.

Организация начала свою деятельность несколько лет назад и уже в начале шестого года было принято решение на проведение операций по ликвидации агентов, когда-то перебежавших на сторону врага. Были задействованы три группы ликвидаторов. В Западную Европу был послан Фармацевт, опытный профессионал, оставшийся еще с прежних времен. Он всегда работал один, не позволяя никому находиться рядом с ним. В Америку послали двоих ликвидаторов, работавших под видом семейной пары. И, наконец, в южных странах под видом канадского бизнесмена Модлинга и его секретаря работали еще двое ликвидаторов.

Одного предателя вычислили в самой Москве. Им оказался бывший полковник внешней разведки Павел Слепцов, работавший в Швеции и завербованный французской разведкой. Слепцова ликвидировали, посчитав, что его связным был Караев. Однако после тщательной проверки выяснили, что Караев ни при чем. И тогда ему предложили вступить в организацию.

Вернувшись домой, он уже второй день обдумывал предложение Большакова, понимая, что пути назад у него не будет. К тому же ему требовалось съездить к вдове Павла Слепцова и объяснить ей, куда исчез ее муж. Это было труднее всего. У обычных людей есть хотя бы могила, куда можно приходить, а у Павла не осталось даже такой памяти. Они уверяли его, что Павел был предателем, но рассказать об этом Наталье он не мог. Нужно было придумать какую-нибудь историю, но он не знал, что ему говорить. Его мучило сознание собственного бессилия. Караеву шел пятьдесят шестой год, он несколько лет назад закончил службу в ФСБ. Он получал хорошую пенсию, работал в службе безопасности нефятной компании «ЛУКойл». Но предложение Большакова застало его врасплох.

Он посмотрел в окно. Кажется, начал накрапывать дождик. Он любил дождь. В его родном Баку редко шли дожди. Здесь частыми гостями были штормовые ветры, которые продували город с разных сторон. Он хорошо помнил родной город, в котором прошли его детство и молодость. Потом он переехал в Москву, учился в минской школе КГБ, работал в центральном аппарате Второго главного управления КГБ СССР, а затем в аппарате Федеральной службы безопасности. Он женился, развелся, у него был уже взрослый сын. Одним словом, в Москве прошли последние тридцать лет его жизни с перерывами на командировки, когда он выезжал за границу.

Тимур надел куртку и вышел на улицу. Огляделся. Его машина «Вольво» была на штрафной, откуда ее нужно было давно забрать. Ее увез «эвакуатор» за стоянку в неположенном месте, но Караев не возражал. Более того, он сам был инциатором вызова «эвакуатора», понимая, что в противном случае его машину могут сжечь или взорвать.

Он прошел два квартала, проверяя, нет ли за ним наблюдения. Ничего не обнаружил. Тогда он поднял руку, остановил машину и попросил отвезти его на Сретенку, где была квартира Натальи Слепцовой. Они с мужем жили на Большой Полянке, но это была квартира самого Павла, и Наталья боялась возвращаться туда одна. Ей было слишком тяжело снова оказаться в квартире, где каждая вещь напоминала ей исчезнувшего супруга. Караев подумал, что подобная смерть самая страшная. Когда родственники все время надеются найти своего близкого, гадая в страшных догадках, что именно с ним могло произойти и оставляя в душе некую надежду на его фантастическое возвращение.

Выйдя из машины, он расплатился. Затем вошел в подъезд дома и поднялся на третий этаж, где раньше жила Наташа. Она была второй супругой Павла, и у обоих были уже взрослые дети. Он позвонил в дверь, ожидая, что ему откроет либо сама Наталья, либо ее дочь. Но дверь открыла незнакомая женщина. У нее были необыкновенные глаза. Красивые, миндалевидные, какие обычно бывают у азиатских красавиц. Высокие скулы, прямой ровный нос, тонкие губы. Женщина была чуть выше среднего роста, подтянутая, стройная. На вид ей было лет сорок. Или чуть меньше. Волосы стянуты в пучок. Абсолютно точно, что он никогда ее не видел. Иначе бы запомнил это необычное лицо.

— Добрый вечер, — поздоровался Тимур.

— Здравствуйте. — Она внимательно осмотрела его и, кажется, осталась довольна увиденным. — Вы к кому?

— Мне нужна Наташа Слепцова, — сказал Караев, — я друг ее мужа.

— Вы, наверно, Тимур, — поняла женщина, — входите. Она мне о вас много рассказывала.

Она посторонилась, пропуская гостя в квартире. На ней было темное платье, которое выгодно оттеняло ее стройную фигуру. Он подумал, что никогда раньше не видел такой красивой женщины. У нее была длинная шея, какая бывает обычно у балерин, и стройные ноги. Возможно, что она раньше действительно занималась балетом. Но почему он не видел раньше этой женщины в доме Слепцовых?

Он прошел в комнату, где в кресле сидела Наталья. За несколько дней после исчезновения мужа она постарела на несколько лет, превратившись в пожилую женщину с потухшим взглядом. Увидев Караева, она приветливо ему кивнула.

— Здравствуй, Тимур, проходи и садись на диван. Я попрошу Элину приготовить нам кофе.

— Вас зовут Элина? — спросил он, обращаясь к женщине.

— Да, — кивнула она, выходя на кухню.

— Это моя подруга, — пояснила Наталья, — она приехала из Санкт-Петербурга. Вернее, переехала. У нее там остались муж и уже взрослый сын. Ему почти двадцать. Можешь себе представить? А она бросила все и переехала сюда, чтобы заниматься делами своей фирмы. Вот такая безумная женщина. Решила поднимать свой московский филиал, как она говорит.

— Кто она по-специальности? — заинтересовался Караев.

— Дизайнер, — пояснила Наталья, — она прекрасно говорит на нескольких языках, большая умница, несколько лет прожила в Италии. Муж у нее специалист по итальянской живописи. Работал во Флоренции, и они там жили.

Элина внесла поднос с тремя чашками кофе. Расставила их на столике. Спросила, обращаясь к гостю:

— Вам с молоком?

— Нет, спасибо. — Он взял чашку кофе.

— У тебя нет никаких известий? — спросила Наташа.

— Н-нет. — Он чуть замешкался с ответом и уловил быстрый и внимательный взгляд Элины.

— Не знаю, что мне делать, — растерянно сказала Наташа, — я уже и в милицию заявление послала, и в прокуратуру. Ничего нет. Никто не знает, куда он мог пропасть.

Он угрюмо молчал. Лгать не хотелось, а сказать правду было невозможно. И вообще, он не представлял, как нужно себя вести. Теперь он знал правду. Но знание правды было слишком тяжким испытанием. Как вообще вести себя в подобных случаях? Видеть, как вдова сходит с ума, и скрывать правду. Или сказать ей правду, чтобы она действительно сошла с ума?

— Я доставляю тебе столько проблем, — вздохнула Наташа, — ты, наверно, уже сам не рад, что с нами связался.

— Не говори глупостей. — Он подумал, что раньше ему было легче. Когда он ничего не знал.

Тягостный разговор продолжался минут двадцать. Потом появилась Маша, дочь Наташи, вместе со своим мужем. Они внесли некоторое оживление в эту тяжелую атмосферу недомолвок и страха. Караев взглянул на часы, решив, что пора прощаться. Следом поднялась и Элина.

— Тимур, ты сможешь отвезти мою подругу? — спросила Наташа.

— Конечно, — кивнул он. Наталье не обязательно знать, что он без машины. Элина пошла к вешалке, надела на себя легкий светлый плащ.

Они попрощались и вышли из дома. Когда они уже спустились, Тимур виновато развел руками.

— У меня автомобиль на штрафной стоянке. Я не

хотел огорчать Наташу, его увезли, как раз когда он стоял у их дома на Большой Полянке.

— Я понимаю, — кивнула Элина, — ничего страшного. Если хотите, мы можем пройтись. Здесь недалеко. Я ведь на самом деле москвичка. Родилась и выросла в Москве. И только потом переехала в Санкт-Петербург. Хотя в Северной столице мне нравилось даже больше, чем в родном городе.

— Но вы все-таки вернулись в Москву.

— Вернулась. Но здесь целый клубок причин. И экономических, и личных.

Они вышли на улицу. Дождь прекратился, и воздух стал гораздо чище. Несмотря на десятый час вечера, было довольно светло.

— У вас необычное имя, — сказал Тимур.

— Ничего необычного. У меня мама гречанка, а папа украинец. Она и решили меня так назвать в честь какой-то греческой актрисы, которую оба любили. Я даже не могу точно выговорить ее фамилию.

— Зато имя красивое. И редкое.

— У вас тоже, — улыбнулась она, — я думала, что так уже не называют ребят. Хотя вас назвали, наверно, так лет сорок или сорок пять назад.

— Не нужно мне льстить, — усмехнулся Караев, — меня так назвали ровно пятьдесят шесть лет назад. Я уже давно на пенсии.

— Вы хорошо выглядите, — возразила она, — но все равно странно. Наташа говорила, что вы из Баку. А почему вас назвали Тимуром?

— На Востоке и Юге это распространенное имя, — пояснил Караев, — мальчиков обычно называют в честь великих полководцев или великих поэтов. Есть Чингизы и Тимуры в честь двух довольно жестоких завоевателей. Считается, что с их именами мальчикам передается и их жизненная сила.

— Я думала, что вас назвали в честь героя книги «Тимур и его команда», — улыбнулась женщина. — Тогда вышла книга Гайдара и многие именно так называли своих мальчиков.

— Возможно, — согласился Караев. — У меня бабушка по отцу была еврейкой, и она назвала своего сына Аркадием в честь своего дедушки. Поэтому во мне намешано много разных кровей. Что касается имени... В начале шестидесятых появились десятки тысяч Юриев в честь Юрия Гагарина. Наверно, сейчас в мире есть много мальчиков с именем Гарри, по имени главного героя книг Джоанны Роулинг.

Она взглянула на него:

— У вас есть маленькие дети? Или внуки?

— Нет. У меня взрослый сын. Ему уже двадцать семь.

— Тогда откуда такое знание детской литературы? Насколько я знаю, ваши прежние интересы лежали совсем в другой плоскости. Вы ведь работали в КГБ?

— Последние годы эта организация называлась ФСБ. Но я читал книги про Гарри Поттера на английском. Первые три книги. Мне стало интересно, почему эти книги читает весь мир. И, находясь в Греции, я купил книги на английском языке, чтобы их прочесть.

— Прочли?

— Да. И мне понравилось. Она пишет для детей и с учетом детской психологии. Очень неплохо.

— Вы первый человек, который признается, что читает такого рода литературу. Обычно считается хорошим тоном морщиться при упоминании разной фантастики, детективов, женских романов.

— Морщатся те, кто не может создать ничего подобного. А книги про мальчика-сироту покорили весь мир. И мне, между прочим, нравятся многие современные авторы. И ничего зазорного в этом не вижу. Когда людей спрашивают, что они читают, все сразу вспоминают, что только сейчас отложили Конфуция, не дочитали Пруста и заснули с Джойсом в руках. Ни один не признается, что читал какую-нибудь другую книгу для отдыха. По-моему, это глупая поза.

Она снова взглянула на него:

— Вы всегда так откровенны?

— Во всяком случае, я стараюсь быть искренним. По возможности...

— Можно я задам вам один вопрос? Если вы не обидетесь?

— Давайте, — заинтересовался он, останавливаясь, — какой вопрос?

— Вы ведь сегодня сказали неправду. Не всю правду, — поправилась она, — я видела и слышала, как вы говорили, когда Наташа спросила вас про новые подробности о ее муже. Вы замешкались. На одну секунду. Но замешкались. И сказали с некоторым усилием. Я сразу обратила внимание. Вы не умеете лгать, вам об этом никто не говорил?

— Возможно. — Он продолжил движение. — А вы всегда можете определить, кто и когда говорит вам неправду?

— Да, — вдруг печально сказала Элина, — я, как правило, чувствую. Вы спросили меня, почему я вернулась в Москву? Именно поэтому. У моего супруга появилась новая пассия, и я решила, что нам некоторое время нужно пожить отдельно. Вместе с двумя подругами мы открыли небольшую фирму, занимающуюся дизайном помещений. Сейчас решили перенести свою фирму в Москву. Все-таки здесь строят в сотни раз больше. И возможности у людей здесь другие. Не такие, как в Санкт-Петербурге.

Он кивнул, соглашаясь. Ему было интересно с этой женщиной, которая могла так открыто спрашивать и говорить без всякого кокетства.

— У вас тоже сын? — спросил он.

— И уже взрослый, — кивнула Элина, — ему будет двадцать. Учится в институте. Иногда я себя ругаю. Нужно было рожать в молодости. Все так глупо получилось. У нас были вечные переезды с мужем, вечные командировки. Тогда казалось, что успеем. Сейчас понимаю, что нужно было родить хотя бы еще одну девочку. Но не получилось.

— У меня тоже один сын, — напомнил Караев. — Вы знаете, психологи считают, что один ребенок в семье — это показатель самой семьи. Если у женщины нет медицинских противопоказаний, а супруги ограничиваются только одним ребенком, значит, у них в семье не все ладно и они психологически готовы расстаться друг с другом в любой момент.

— Ваши психологи правы, — согласилась Элина, — хотя каждый случай нужно рассматривать индивидуально.

Мимо прошли молодые люди. Двое парней и две девушки. Они громко смеялись, рассуждая о чем-то своем. Элина оглянулась на них.

— Чему радуется это толстомордая юность? — вспомнила она. — Так, кажется, говорил Бендер, ревнуя к молодым.

— Да, — улыбнулся Тимур. — Ему было приятно, что она вспомнила именно это литературное произведение.

— Мне о вас много рассказывала Наташа, — призналась Элина, — она считает вас необыкновенно порядочным и деликатным человеком.

— Она преувеличивает, — признался Караев, — я совсем не белый и не пушистый.

Она остановилась. Повернулась к нему.

— Она сказала мне, что вы давно разведены. — Элина смотрела ему в глаза.

Он почувствовал некоторое смущение.

— Да, — признался он, — я уже давно холостяк.

— Мне было бы интересно с таким человеком, как вы, — вдруг сказала она. Никогда в жизни ни одна женщина не говорила ему таких слов. Или Элина слишком много времени провела на Западе, где эмансипация женщин достигла своего предела?

Тимур стоял перед ней и не знал, что ему сказать.

— Если вы ничего мне не скажете еще несколько секунд, я почувствую себя старой дурой, — пригрозила она.

И тогда он, наклонившись, дотронулся своими губами до ее губ. Они были сухие и горячие. Элина улыбнулась.

— Такой деликатный поцелуй. — Она говорила, а он видел только пространство над ее губой. Он даже не смотрел ей в глаза.

— Мы можем поехать ко мне, — вдруг услышал он свой шепот и понял, что это именно он произнес эти слова.

— Нет, — улыбнулась она, — нет.

И вдруг, обхватив его шею правой рукой, она сама поцеловала его. На этот раз гораздо сильнее. Затем обернулась и показала на дом.

— Я уже пришла, — сказала Элина, — будет лучше, если мы сегодня расстанемся. Хорошего понемногу. Хотя хорошего много и не бывает. До свидания, полковник Караев. Я надеюсь, вы оставите мне номер своего телефона? И даже возьмете мой? Или это уже слишком роскошная мечта?

Лас–Вегас. Штат Невада. США. 18 мая 2006 года

Все казино мира похожи друг на друга. Одинаково бесстрастные лица крупье, работающие повсюду камеры, горящие скрытым азартом лица игроков, негромкий гул голосов, стук падающих шариков. И чем больше помещения для игры в казино, тем больше энергетика нервного ожидания, пронизывающая все пространство, сталкивающаяся энергия игроков, каждый из которых заряжен на выигрыш.

Сидевший за столиком Таир Хамидуллин играл в казино по-крупному. Перед ним лежали стопки жетонов, каждый из которых был достоинством в тысячу долларов. Он выбирал, на какое число ставить, и внешне равнодушным движением руки бросал жетоны на выбранные им числа. За последние два часа он уже проиграл больше пятидесяти тысяч долларов и выиграл около четырех. Крупье каждый раз вздрагивал, когда этот игрок ставил свой жетон на конкретное число. В случае выигрыша Хамидуллин мог получить тридцать шесть тысяч долларов.

Таир играл, не обращая внимания на остальных игроков. Ему уже шел сорок седьмой год. Он был по-прежнему сухопарый, подтянутый мужчина, уже начинающий седеть и лысеть. Страсть к игре, сжигавшая его постоянно, позволяла ему не слишком увлекаться обжорством. К еде он был равнодушен, но алкоголь и дорогие сигареты были его вечными спутниками. Сидя за столом, он не обращал внимания на соседний стол, где находились двое пезнакомых мужчин. Они внимательно следили за его игрой. Если бы ему сказали, что эти двое приехали с ним из Сиэтла, где он сейчас жил, он бы очень удивился. Но это соответствовало действительности. Двое агентов ФБР неотступно следовали за ним уже четвертый день, прикрепленные к нему особым распоряжением руководства Федерального бюро.

К ним поступил запрос насчет Хамидуллина, которого должны были убить в ближайшие дни. В сообщении особо оговаривалось, что убийцами могут быть двое приехавших гостей, один из которых женщина лет сорока, часто выдающая себя за блондинку, и ее спутник, лысоватый мужчина лет сорока пяти, чуть ниже ростом своей спутницы. Оба агента ФБР даже имели распечатанные фотографии, на которых были смазанные спимки обоих возможных преступников. Именно поэтому они внимательно следили за Хамидуллиным, отмечая всех сидевших с ним за столом.

Они не могли даже предположить, что в другом конце зала уже находится эта парочка. Женщина была теперь эффектной брюнеткой с коротко остриженными волосами, а ее спутник, наоборот, надел рыжеватый парик и очки, превратившись в молодящегося спутника своей дамы. Он был в светлом пиджаке и клетчатых брюках. Они уже обратили внимание на агентов ФБР, неотступно следовавших за Хамидуллиным, и поэтому старались держаться на некоторым расстоянии.

— Они уже знают о нашем появлении в Америке, — тихо сказал мужчина.

— Тебя это удивляет? — спросила женщина. — По-моему, так и должно быть. Мы с тобой успели отличиться.

— Я думал, что у нас еще есть немного времени, — признался мужчина, — может, нам следует уехать отсюда?

— Ты боишься? — усмехнулась женщина. — Неужели ты начал бояться, Роберт?

— За тебя — да. За себя — нет. Если бы ты уехала, мне было бы гораздо спокойнее. И безопаснее. Они ищут двоих. У них есть сведения, что нас двое.

— Это верно, — улыбнулась она. — Между прочим, ты выиграл. Забери свои деньги, крупье уже смотрит на тебя.

Мужчина, ставивший десять долларов на черное, забрал жетон, который ему подвинул крупье. И снова поставил на черное. Оба жетона.

— Это неразумно, — сказала женщина, — лучше ставить по очереди.

— Нет, — возразил Роберт, — снова на черное.

Он опять выиграл. Крупье положил еще два жетона.

— Я оставлю все четыре, — решил мужчина, — посмотрим, что выпадет на этот раз.

— Три раза подряд черное? — усмехнулась она. — Давай проверим.

В третий раз шарик снова выпал на черное. Крупье сложил уже восемь жетонов вместе.

— Может, ты уже их заберешь или будешь продолжать игру? — поинтересовалась она.

— Продолжу, — упрямо решил он, — я чувствую, что будет черное и в этот раз. В четвертый.

— Давай проверим, — решила она.

В четвертый раз шарик снова лег в черную лузу. На этот раз число жетонов уменьшилось. Крупье забрал восемь жетонов по десять долларов и вернул шесть. Добавив один жетон на сто долларов.

— Мы можем закончить игру, — сказала она, — я думаю, будет лучше, если вечером я случайно постучусь к нему в номер. Остальное будет несложно. Мне нужна минута, чтобы все сделать.

— Нет, — возразил Роберт. — Он поставил сто шестьдесят долларов на черное. — Ни в коем случае. Эти сотрудники ФБР не дураки. Они наверняка сняли номер где-нибудь рядом и оборудовали его номер камерами наблюдения. Или «жучками».

Ты не успеешь даже выйти из номера, Нина, как они тебя арестуют.

— Тогда появишься ты, — улыбнулась она.

— Они вызовут полицию, — возразил Роберт, — и я не смогу ничего сделать. У нас один пистолет на двоих. Ты об этом не забыла?

— Ты становишься осторожен, — заметила Нина, поднимая правую бровь.

— Не всегда.

Шарик в пятый раз выпал на черное. Она взглянула на него и улыбнулась.

— Будешь рисковать в шестой раз?

— Не знаю. — Он посмотрел на свои жетоны.

— Что тогда мы будем делать? — поинтересовалась Нина.

— Я уже придумал, — ответил Роберт и поставил свои жетоны в шестой раз на черное.

На этот раз он проиграл. Крупье сгреб все жетоны лопаточкой, двигая их к себе.

— Ты слишком рисковал, — сказала она.

— Иногда стоит попробовать, — улыбнулся он.

Больше они не играли. Хамидуллин продолжал проигрывать. Он начал нервничать, выписал чек еще на сто тысяч долларов, передав его для получения новых жетонов. Агенты ФБР переглянулись.

— Зачем мы должны следить за этим сумасшедшим русским агентом, если он хочет проиграть все свое состояние, — зло заметил один из них.

— Он не русский, — сказал другой, более продвинутый, — он, кажется, татарин. Эта такая национальность в России. Они мусульмане.

— Пусть хоть араб, — разозлился первый, — мы не должны сидеть и смотреть, как он проигрывает свои деньги, полученные за предательство.

— Ничего. Скоро он проиграет все свои деньги и вернется в Сиэтл. Хорошо, что мы успели оборудовать его гостиничный номер. Можно спокойно сидеть в своем и ждать, пока за ним придут. Хотя кому он нужен такой? Посмотри на него. Все его мысли только об этой проклятой игре. Если ему некуда девать деньги, пусть создаст благотворительный фонд.

— Расскажешь ему об этом, когда он проиграет все свои деньги, — предложил первый.

Хамидуллин наконец выиграл шесть тысяч долларов. Он забрал фишки и улыбнулся. В этот момент рядом появилась молодая женщина в открытом светло-голубом платье. У нее были роскошные каштановые волосы. Она улыбнулась счастливчику.

— Вы всегда так выигрываете? — поинтересовалась она.

— Всегда. — Ему понравилась эта красавица.

— Она не блондинка, — сказал первый агент, — и ей явно не сорок лет. Кроме того, она гораздо выше ростом.

— Можно перекраситься, — возразил второй. — Но насчет женщины ты прав. Ей явно не сорок, и она гораздо выше ростом. Есть вещи, которые нельзя переделать. Но все равно нужно к ней присмотреться. Подойди к ним и послушай, о чем они говорят.

Хамидуллин выиграл и во второй раз. На этот раз около восьми тысяч долларов. Молодая женщина дотронулась до его плеча.

— Вам сегодня везет.

— Это благодаря вам, — галантно заметил Хамидуллин.

Он был вполне счастлив. Наконец фортуна ему благоволила. Проиграв еще два раза, он снова выиграл. На этот раз более двадцати тысяч долларов. Агент ФБР, стоявший рядом, недовольно пожал плечами. Этот сумасшедший теперь не уйдет отсюда. Женщина, сидевшая с ним, взвигнула от радости, похлопав его уже по ногам. Это ему понравилось. Он попросил принести два бокала белого вина.

Агент вернулся к своему старшему напарнику.

— Он выигрывает и сходит с ума, — зло доложил он, — а эта женщина его только подзадоривает. Наверно, ее прислали от казино. Может, она получает здесь зарплату, чтобы раскручивать клиентов. Но она явно не та дама, которую мы ждем. Она выше ростом сантиметров на двадцать.

Примерно часа через полтора Хамидуллин выиграл уже около ста пятидесяти тысяч долларов. Он был не просто счастлив, он был безумно рад и даже позволил молодой женщине поцеловать себя в щеку.

— Нужно остановиться и поужинать, — весело предложила она, — иначе ты умрешь с голода.

Крупье поблагодарил за игру, отходя в сторону. Его сменил другой, более пожилой.

— Да, — выдохнул Таир, — мне нужно немного отдохнуть. — Он вдруг почувствовал, как затекла спина и болят ноги. Ведь он провел за этим столом более восьми часов.

— Как тебя зовут? — спросил он у своей спутницы.

— Эстер, — улыбнулась она.

— Ты очень красивая, — сказал Таир. — Где мы будем ужинать?

— Мы можем заказать в мой номер, — предложила она, улыбаясь.

— Пошли. — Он вдруг вспомнил, что у него уже давно не было женщин. Агентам не приказывали следовать за этим типом, когда он ляжет в постель с очередной знакомой. Но они пошли за этой парочкой и даже вошли в кабину лифта. Таир не обращал никакого внимания на этих двоих. Он поднялся на шестой этаж и прошел следом за Эстер. Она достала свою карточку-ключ, открывая дверь. Агенты ФБР переглянулись, к такому они были не готовы. Придется подождать в конце коридора, пока он закончит с ней свое свидание. Дама пропустила его первым, вошла следом. После восьмичасового сидения ему захотелось в туалет, куда он и прошел. Из комнаты вышел Роберт и протянул ей тысячу долларов.

— Шутка удалась? — спросила Эстер.

Он нашел ее вчера в ночном клубе и уговаривал сыграть эту роль, объяснив, что они собираются разыграть своего знакомого. Эстер согласилась. К тому же свои доводы он подкрепил обещанием в тысячу долларов. Получив деньги, она улыбнулась и вышла из номера. Хамидуллин умывался, предвкушая радость встречи с этой миловидной особой. Наверно, шлюха, каких здесь полным-полно. И у нее должен быть свой презерватив.

Дверь приоткрылась. Он обернулся. Неужели ей так не терпится. Вместо женщины в дверях стоял мужчина, похожий на клоуна. Нелепые рыжеватые волосы — очевидно, парик, — клетчатые брюки, светлый пиджак, темная рубашка. Или здесь развлекаются таким образом?

— Что вам нужно? — недовольно спросил Таир, вытирая лицо полотенцем.

— Майор Таир Хамидуллин, вы приговорены к смертной казни за предательство, — вдруг сказал по-русски этот тип, поднимая оружие с глушителем.

— Подождите, — хотел крикнуть Таир. Он даже попытался закрыться полотенцем. Первый выстрел, второй, третий. Как обычные щелчки. Хамидуллин свалился в ванну.

Убийца подошел к нему. Немного заколебался. Он не хотел брать эти деньги. Но это были деньги казино. Убийца вытащил из кармана деньги, посмотрел на убитого. Вытащил несколько стодолларовых бумажек и бросил их на труп, как плату за уборку. Затем положил остальные деньги в карман и вышел из ванной. Выйдя из номера, он сразу свернул на аварийную лестницу. На следующем этаже его ждала у такой же двери Нина. Она открыла ему дверь, впуская его с аварийной лестницы в коридор. С другой стороны дверей обычно не бывает дверных ручек.

Оба агента ФБР встревожились, когда увидели подходившую к кабине лифта Эстер. Первый даже шагнул к ней и схватил за руку.

— Куда вы спешите? Где ваш друг?

— А вам какое дело? — рассмеялась женщина.

— Мы из ФБР, — представился второй, доставая свое удостоверешис, — почему вы оставили его одного?

— Он не один, а со своим другом, — улыбнулась она. — Они хотели над ним подшутить.

— Стойте на месте и не двигайтесь, — закричал первый, доставая оружие. — Отойдите от кабины лифта.

Эстер испуганно отошла.

— Идемте за нами и откройте нам дверь, — приказал второй. Эстер пожала плечами. Мужчин иногда трудно понять. Она прошла по коридору, достала карточку, вставила ее в замок, открыла дверь.

— Входите и убедитесь, что все в порядке, — недовольно сказала она.

Они вбежали в комнату. Эстер прошла следом за ними. Здесь было чисто и прибрано.

— Убедились? — недовольно спросила она. — Этот номер мы сняли для шутки. Его друзья захотели над ним пошутить.

Первый агент ФБР подошел к ванной и открыл дверь. Затем опустил оружие и спросил у Эстер.

— Вы сказали «пошутить»? Посмотрите, как они пошутили.

Эстер подошла к ванной, и ее пронзительный крик услышали в самом конце коридора. Второй сотрудник ФБР уже звонил в полицию и в администрацию отеля, приказав перекрыть все выходы из здания. Как раз в этот момент Роберт и Нина отъезжали от отеля.

— Ты здорово все придумал, — сказала Нина, — только будь добр, посвящай меня заранее в свои планы. Так будет гораздо удобнее...

Москва. Россия.
19 мая 2006 года

Такого с ним не случалось давно. Или он забыл, когда подобное с ним происходило. Он влюбился. Всю ночь он провел в постели не смыкая глаз. Он чувствовал ее запах, вспоминал ее губы, ее долгий поцелуй. Ему было даже немного неловко, словно в его годы нельзя было испытывать подобные чувства. Если бы ему сказали, что подобное возможно, он бы не поверил. Конечно, у него были какие-то женщины, сразу после развода. С некоторыми из них вялотекущие романы продолжались и до сих пор. Они встречались, когда у них появлялось свободное время. Встречались без взаимных обязательств и без особого желания, просто для того, чтобы вместе провести время. Это было как необходимая утренняя пробежка. Раз или два раза в месяц. Иногда чаще, иногда реже. Но он давно не испытывал такого потрясения, какое произошло с ним вчера ночью.

Возможно, что сказались события последних дней. Возможно, что она произвела на него впечатление своей открытостью и непосредственностью. Хотя женщине в сорок лет трудно быть застенчивой, как в двадцать. Прожитая жизнь накладывает на нее свой отпечаток. К тому же любая женщина подсознательно чувствует, что физиологические изменения уже не за горами, и словно пытается остановить ускользающее время.

Утром он отправился принимать душ. Нужно было определяться с ответом Большакову. Дальше ждать не имело смысла. Но в это утро ему хотелось думать только о женщине, с которой он вчера познакомился. Однако у него были определенные обязательства перед супругой Павла. И он обязан позвонить хотя бы для того, чтобы все было обставлено несколько иначе.

В половине десятого он позвонил. Ему ответил незнакомый голос. Караев попросил о встрече. Ему тут же объявили, что он может приехать сегодня в два часа по указанному адресу. Адрес ему сразу продиктовали. И положили трубку.

Впервые в жизни ему предстояло сделать нечто такое, что, возможно, попадало под статьи Уголовного кодекса. Он всегда был офицером, работающим на свое государство, всегда твердо знал, что он выполняет государственные задачи и служит на благо своего Отечества. В случае с Большаковым сказать подобное было невозможно. Если такая организация, как «Щит и меч», действительно существует, то она является противозаконной и действует в обход существующего законодательства. А это означало, что автоматически и он, бывший полковник контрразведки, становится лицом, действующим в обход законов. Что ему совсем не нравилось.

Но на встречу он поехал. Ему было важно обговорить свои собственные условия. В квартире его ждали. Немногословный мужчина лет сорока провел его в большую гостиную и вышел, ничего не сказав. Очевидно, это была одна из тех квартир, которые использовались сотрудниками спецслужб для конспиратиных встреч. Ждать пришлось долго. Минут двадцать. Он разглядывал обстановку, пытался понять, кто здесь может жить. Телевизор в комнате был, но он нигде не нашел пульта, чтобы его включить. Поэтому решил, что будет лучше сидеть в тишине. Но через некоторое время он встал и включил телевизор, подойдя к аппарату. Убавив звук, он слушал последние известия. Еще через несколько минут в комнату наконец вошел Большаков. Он крепко пожал руку Караеву.

— Извините, что опоздал, — начал генерал, — везде ужасные пробки. Невозможно проехать.

— Я думал, что у вас есть машины с «маяками», которые могут проезжать, где им хочется, — пошутил Тимур.

— У меня как раз такая машина, — сказал Большаков, — но даже на ней я опаздываю на встречи. Как вы понимаете, не всегда помогают и установленная сирена, и спецсигналы. В нашем городе нужно передвигаться на вертолете. Так будет быстрее. Тем более по пятницам, когда все стремятся выехать за город. Перейдем к делу. Вы обдумали наше предложение?

— Я не совсем понимаю структуру вашей организации. Вы работаете в обход существующих законов?

— Нет. Разумеется, нет. Мы работаем исключительно в рамках нашего законодательства. Что касается нашей деятельности за рубежом... то и здесь мы всего лишь выполняем отложенные приговоры наших судов. Как видите, ничего противозаконного. Кроме того, наша Государственная дума недавно законодательно разрешила находить преступников и ликвидировать их, даже если они находятся за рубежом.

— Но выполнение подобных операций возможно только с санкции Президента страны, — напомнил Караев.

— А кто сказал, что Президент не знает про нас? — вдруг спросил Большаков. И, увидев ошеломленное лицо своего собеседника, улыбнулся. — Конечно, мы не докладываем о проделанной работе, но уверяю вас, что среди тех, кто его окружает, в Администрации Президента, у нас много сторонников. Которые прекрасно знают о нашей деятельности и вполне ее одобряют. В конце концов, задача спецслужб во всем мире — это охрана государственных секретов собственного государства. Мы не можем оставлять в живых столько бывших агентов, которые могут даже невольно выдать кого-нибудь из своих бывших однокурсников, коллег, друзей, о которых они еще не успели рассказать.

— Но Павла Слепцова вы убрали в Москве, — напомнил Караев.

— Это уникальный случай, — согласился Большаков, — он работал на французскую разведку и невольно мог подставить нашего информатора, который уже несколько лет работает на нас. Нужно было выбирать. Либо безопасность нашего агента, которого мы искали столько лет и с таким трудом заполучили, либо жизнь бывшего офицера спецслужбы, предавшего своих товарищей. Мы свой выбор сознательно сделали. И вы тоже должны его сделать, Караев. Я понимаю, что вы были друзьями, но это тот случай, когда предают именно свои. Он был предателем и не заслуживал никакой пощады.

Караев молчал. Он вспоминал дорогую квартиру своего друга, его машины, его расходы. Как легко объяснял Павел все эти покупки кредитами, полученными в банке, где он работал. Как легко в это верил сам Тимур, ни разу даже не заинтересовавшийся, на каких условиях банк выделял такие деньги своему сотруднику, работающему на самой рядовой должности в службе безопасности.

— Вы со мной согласны? — спросил Большаков.

— Не во всем, — ответил Тимур, — но у меня есть два условия. Прежде чем я к вам приду. Во-первых, дело Павла Слепцова. Ничего изменить уже нельзя. Но можно как-то облегчить страдания его вдовы. Я предлагаю продумать вариант возвращения тела погибшего его семье. Можно придумать, что его сбила машина и неопознанный труп несколько дней пролежал в морге. Можно придумать, что у него начался острый сердечный приступ и он скончался по дороге в больницу. Словом — все, что угодно. Но сделать так, чтобы эта пугающая неизвестность закончилась и его несчастная вдова получила бы могилу, куда могла приносить цветы.

— Мы обычно подобного не практикуем, — сказал Большаков, задумавшись, — но если вы считаете, что так будет правильно, мы подумаем. Я вам обещаю, что мы что-нибудь придумаем. Но с уловием, что вы не будете настаивать на вскрытии его тела.

— Безусловно. Это я беру на себя.

— А второе условие?

— Я заранее вас предупреждаю, что в подобных акциях никогда и ни при каких обстоятельствах не буду принимать участия. Я аналитик, а не ликвидатор, надеюсь, это вы понимаете.

Большаков улыбнулся.

— Дорогой Тимур Аркадьевич, — весело сказал он, — я только сейчас подумал, что вы несколько оторвались от вашей прежней работы. Дело в том, что найти нужного ликвидатора не очень сложно. Профессионалов везде мало, но убийцу не нужно даже готовить. Их всегда много. А вот с аналитиками сложнее. Здесь нужны мозги, и мозги подготовленные. Кого попало нельзя взять с улицы и обучить. Поэтому нам важен ваш мозг, а не ваше умение стрелять. Хотя стреляете вы тоже неплохо.

Большаков умолк, затем неожиданно спросил:

— Скажите, как нам быть? Оставить все как есть? Мало того, что мы проиграли «холодную войну», позволили развалить свою страну, опрокинули свою экономику, устроили массу локальных гражданских войн по всему периметру наших границ, получили чужие войска в нескольких километрах от наших столиц, так надо еще и забыть про предателей? Про тех, кто помогал разрушать нашу страну? Каждый из них не просто предал свою страну и свою прежнюю жизнь. Каждый из них виновен в гибели и муках очень многих людей. Они ведь не просто переходили на сторону врага, они сдавали ему наших агентов, наших информаторов, наших осведомителей. Сколько сотен людей замучили пытками, убили, растерзали. Сколько жизней они растоптали, сколько семей. И все забыть? Простить? Вам не кажется, что это будет слишком большим подарком таким людям. Они уверены, что КГБ больше не существует и поэтому они могут спокойно тратить свои «сребреники», полученные за предательство. КГБ действительно нет. Но мы остались. И мы не забыли о каждом из них. И не можем забыть. Их сладкая жизнь в западном раю оплачена кровью наших товарищей. Такое не прощается, Караев. Вы обязаны это понимать.

— И тем не менее я никогда не буду принимать участие в подобных акциях, — твердо повторил Тимур, — я только аналитик и в этом качестве могу быть вам полезен.

— Договорились. Что-нибудь еще?

— Все. У меня больше нет никаких условий. Я должен буду уйти со своей нынешней работы в нефтяной компании?

— Это было бы желательно, чтобы не связывать себя с другими людьми. Насчет зарплаты можете не беспокоиться. Мы не имеем столько нефтяных скважин, зато имеем много друзей. В зарплате вы не потеряете.

— В этом я как раз не сомневался.

— Тем лучше. Я завтра буду вас ждать у себя в кабинете. Адрес вы должны знать. Приезжайте в Научно-исследовательский проектный институт стали. Вы знаете, где он находится?

— Знаю. Но нам говорили, что это помещение, которое использует Комиссия.

— Вам правильно говорили. Вот туда и приезжайте. Завтра в десять. Дежурный будет предупрежден.

— Но завтра суббота, — напомнил Караев.

— Это не имеет значения, — улыбнулся Большаков. — До свидания. До встречи.

Большаков поднялся и, пожав ему руку, вышел из комнаты. Караев, знавший законы конспирации, посидел еще несколько минут и только затем пошел к выходу. Выходя из квартиры, он молча закрыл за собой дверь, уже ничего не спрашивая. Затем спустился вниз, вышел на улицу. Останавливать машину рядом с домом было нельзя. Нужно было пройти на соседнюю улицу. Караев задумчиво переходил улицу на зеленый свет. Большаков сказал, что у него машина со спецсигналом. Раньше он был генералом, а теперь? Интересно, кем он работает? И какое отношение имеет к Комиссии? Неужели он среди ее руководителей? В таком случае ясно, каким влиянием обладает этот человек.

Караев вернулся домой через полчаса. Он сразу подошел к телефону и набрал номер полковника Гущина, который работал с ним еще до перестройки. Петр Петрович Гущин возглавлял один из технических отделов в ФСБ и считался одним из лучших специалистов в этой области. Он был на восемь лет моложе Караева.

— Петр, здравствуй, — начал Тимур, услышав голос своего знакомого.

— Добрый день, — обрадовался Гущин, — сколько мы не виделись? Уже целую вечность. Ты решил, что ушел на пенсию и можешь исчезнуть так, чтобы тебя не нашли? Не забывай, что у нас есть свои возможности.

— Твои возможности безграничны, — согласился Караев. — У меня к тебе просьба, Петр. Я хочу узнать, чем сейчас занимается один человек. Мы с ним встречались в Швеции, когда я там работал. Уже тогда он был генералом. А сейчас он работает в Государственной комиссии, и я хотел бы знать, на какой он должности.

— В Государственной комиссии? — переспросил Петр. — Я там некоторых знаю. Как его зовут?

— Большаков. Иван Сергеевич Большаков.

Наступило молчание.

— Алло, — сказал Караев, — ты меня слышишь?

— Ты с ума сошел? — Он даже не узнал дрогнувший голос Гущина. — Ну и шутки у тебя дурацкие, Караев.

— Подожди, подожди. Я ничего не понимаю. Почему шутки? Честное слово, я ничего не понимаю. Кем он работает?

— Я думал, что ты знаешь. Генерал-полковник Большаков является Председателем Государственной технической комиссии при Президенте страны. Неужели ты не знаешь, что он сменил на этому посту Григорьева?

— Он глава Комиссии? — не поверил услышанному Караев. Теперь все становилось понятным.

— Да. И не звони мне больше с такими дурацкими вопросами. Если это шутка, то очень неудачная. В следующий раз ты спросишь у меня, как зовут директора ФСБ или Президента страны. До свидания.

Гущин положил трубку. Караев ошеломленно молчал. Он знал, что такое Государственная техническая комиссия. Это был примерный аналог Агентства национальной безопасности США. Только в отличие от АНБ об этой Комиссии никто не знал. Но он даже не мог себе представить, что его собеседник является таким важным чиновником. Одним из самых важных в структуре спецслужб страны. Одним из самых важных людей в стране. Человеком, возможности которого были поистине безграничны.

Если министры внутренних дел или юстиции гласно назначаются Президентом и присутствуют на заседаниях Кабинета министров, если назначения директоров ФСБ, СВР или ФСО обсуждаются даже в печати и они должны отчитываться не только перед главой государства, но и перед парламентом за свою работу и деятельность возглавляемых ими организаций, а также выслушивать ехидные реплики журналистов на пресс-конференциях, которые они хотя бы изредка проводят, читать критику в адрес сотрудников своих ведомств, то глава Государственной технической комиссии абсолютно никому не известен. Он никогда не дает интервью, о работе его сотрудников ничего не известно. Даже его имя является государственной тайной для большинства граждан его собственной страны. Его назначает своим закрытым указом Президент России. Ни состав, ни численность, ни кадры, ни техническое обеспечение Комиссии не подлежат оглашению и обсуждению. Это самый секретный орган в стране, даже более секретный, чем Служба внешней разведки. Хотя бы потому, что о Службе знают все, а о существовании Комиссии никто и не подозревает.

СПРАВКА. СОВЕРШЕННО СЕКРЕТНО.
ОТПЕЧАТАНО В ОДНОМ ЭКЗЕМПЛЯРЕ.
НЕ ДЛЯ ПУБЛИКАЦИИ. НЕ ВЫНОСИТЬ ИЗ ЗДАНИЯ

Государственная техническая комиссия СССР была создана решением Совета Министров СССР от восемнадцатого декабря тысяча девятьсот семьдесят третьего года. Возглавил Комиссию маршал

Огарков. Следующими руководителями Комиссии были В. Шабанов, Ю. Яшин, М. Колесников, С. Григорьев. В январе две тысячи шестого года руководителем Комиссии был назначен генерал-полковник И. Большаков.

Государственная комиссия была создана для противодействия иностранной технической разведке и деятельности Агентства национальной безопасности в СССР. Были определены главные задачи по защите информации в области обороны, политики, экономики, науки, экологии, ресурсов и противодействия иностранным техническим разведкам.

В январе тысяча девятьсот девяносто второго года Указом Президента России был поднят статус Государственной комиссии, которая отныне называлась Государственная техническая комиссия при Президенте страны. Руководитель Комиссии подчинялся непосредственно Президенту и считался одним из руководителей спецслужб страны.

Особо оговаривалось, что решения Государственной комиссии являются обязательными для исполнения всеми органами государственного управления, предприятиями, организациями и учереждениями по всей территории страны и за рубежом независимо от их организационной, правовой, экономической формы собственности, которые по роду своей деятельности обладают информацией, составляющей государственную или служебную тайну.

24 июня 1999 года при Гостехкомиссии образовано Главное научно-техническое управление, за-

нимающееся разработками новых видов технического обеспечения безопасности промышленных объектов, правительственных и научных учереждений страны. В настоящее время специалистов для Гостехкомиссии готовят в Военной инженерно-космической академии им А. Можайского, Военном институте радиоэлектроники, Межотраслевом специальном центре при Минатоме России, Главном научно-методическом центре Миноборонпрома России. А также по необходимости привлекаются специалисты из ведущих институтов и университетов Москвы и Санкт-Петербурга.

В состав коллегии Гостехкомиссии входят по должности заместители министров и руководителей спецслужб, в том числе заместители руководителей ФСО, ФСБ, СВР, ФАПСИ, юстиции, внутренних дел, иностранных дел, экономики, Минатома, МЧС и других центральных ведомств. Кроме того, в состав коллегии входят начальник Главного оперативного управления Генерального штаба Вооруженных сил Российской Федерации — первый заместитель начальника Генерального штаба Вооруженных сил России, а также начальник вооружения Вооруженных сил Российской Федерации.

Государственная техническая комиссия является закрытым органом обеспечения государственной безопасности страны. Все публикации о ее деятельности запрещены. Любое упоминание о ней в материалах прессы запрещено. Любые ссылки на постановления Комиссии в открытой печати запрещены. Любой документ, поступивший из Комиссии, является совершенно секретным. Любая информация о работе Комиссии является государственной тайной. И вместе с тем согласно Указу Президента от тысяча девятьсот девяносто второго года, подтвержденного распоряжениями тысяча девятьсот девяносто девятого года и две тысячи шестого, Государственная техническая комиссия приравнена к федеральным органам исполнительной власти страны. А ее руководитель соответственно к членам Правительства Российской Федерации.

Численность сотрудников Центрального аппарата Государственной технической комиссии установлена в пределах ста шестидесяти трех единиц. В пределах штатного расписания Центрального аппарата разрешено прикомандировать сто тридцать шесть военнослужащих. На местах создаются региональные центры Государственной технической комиссии, которые подчиняются исключительно своему руководству в Москве и не подотчетны ни местные властям, ни находящимся на месте воинским частям, ни органам государственной безопасности.

Лэнгли. Вашингтон. Округ Колумбия. США. 19 мая 2006 года

Совещание открыл сам директор ЦРУ Портер Госс. Каждый должен был сообщить о своих соображениях. Первым выступал директор аналитического управления Джон Кринген, который доложил о ситуации, сложившейся после убийства в Лас-Вегасе. Затем слово получил руководитель управления по связям с общественностью Марк Мансфилд, который коротко доложил о проводимых его службой мероприятиях по нейтрализации поступающих сообщений о ливкидациях бывших советских агентов. Во всех случаях удавалось списывать эти убийства на различные причины, не указывая истинных подозрений насчет прошлого каждого из погибших.

Третьим слово было предоставлено специальному агенту Джеймсу Крейгу, который проводил все расследования. Крейг, поднявшись со своего места, увидел заинтересованные взгляды всех остальных. Кивнул своему напарнику Кингу, который мрачно сидел в углу, не ожидая ничего хорошего от этого совещания.

— Двснадцатого мая был убит в Гласгоу американский гражданин Уильям Бернард Бентон, — начал свой доклад Крейг, — он же майор советской разведки Алексей Труханов. Затем через два дня в Детройте был застрелен Арон Гринберг. Еще через два дня, несмотря на выделенную ему охрану из сотрудников ФБР, был застрелен в Лос-Анджелесе бывший сотрудник внешней разведки Константин Уранов. И наконец, вчера в Лас-Вегасе, имея охрану из агентов ФБР, был убит Таир Хамидуллин. — Крейг не смог правильно произнести фамиилию и заглянул в свою «шпаргалку», чтобы прочесть нужную ему фамилию.

— Значит, из четырех преступлений, два были совершены после того, как бывшим агентам выделялась охрана, — переспросил недовольный Госс.

— Верно, — согласился Крейг, — мы проанализировали все происшедшие случаи, и не только в нашей стране. Можно сказать, что русские развернули настоящую атаку на демократические страны, находя своих бывших агентов по всей Европе. В Латвии, Германии, Грузии также погибли бывшие сотрудники спецслужб, перешедшие на другую сторону.

— Вы получили список агентов, которые могут подвергнуться нападению? — уточнил кто-то из присутствующих.

— Да, — кивнул Крейг, — мы составили список из четырнадцати человек, которые могут в ближайшие дни подвергнуться нападению. Среди них двоих уже нет в живых.

— Значит, ваш анализ оказался правильным?

— Мы послали эти списки в ФБР, — пояснил Крейг, — и предупредили, что все указанные агенты должны быть взяты под особую охрану. В ФБР посчитали, что будет достаточно, если они просто прикрепят к каждому из указанных нами лиц своих двух агентов. В Лос-Анджелесе они даже, не скрываясь, ездили по пятам за Урановым, а когда он вошел в ресторан, чтобы пообедать, решили остаться в салоне своей машины. В результате его застрелили, когда он прошел в туалетную комнату.

Крейг видел недовольные лица некоторых из присутствующих и понимал, что его доклад может не понравиться некоторым высокопоставленным сотрудникам ЦРУ, находившимся в этой комнате. Но он продолжал свой доклад:

— Вчера в Лас-Вегасе был застрелен Таир Хамидуллин. Мы вывезли его из Турции еще в девяносто втором. У него были большие долги, которые мы оплатили. Он любил играть в казино, хотя, перед тем как сбежать на Запад, ему удалось присвоить часть денег, которые республика Таджикистан выделила на закупку оружия. По информации турецкой контрразведки, он, возможно, виновен в гибели руководителя делегации, который был отравлен. Однако прямых данных, указывающих на его вину, мы не имеем. Затем он неплохо заработал на акциях технологических компаний уже в нашей стране. Но он проигрывал огромные суммы. И на вчерашний день у него оставалось менее двух миллионов долларов.

— Почему агенты ФБР оставили его одного? — поинтересовался директор Госс. — Ведь вы выслали специальное сообщение?

— Они пытались не отходить от порученного им агента. Установили аппаратуру в его номере отеля. И получили фотографии ликвидаторов. Если бы к Хамидуллину подошел один из двоих подозреваемых, то агенты имели право открывать огонь на поражение. Но вместо этого к игравшему в казино Хамидуллину подсела молодая женщина двадцати лет. Они были вместе минут тридцать или сорок. Потом поднялись в ее номер. Оказывается, ее нанял один из ликвидаторов, оплатив ее услуги и пояснив, что это всего лишь обычный розыгрыш. Агенты ФБР проводили Хамидуллина и его новую знакомую до ее номера и устроились на дежурстве у лифта. Когда женщина вышла, они сразу поняли, что их обманули. Но в номер отеля они ворвались слишком поздно. Убийца успел уйти.

— Почему не задействовали наш департамент поддержки? — гневно уточнил директор ЦРУ.

Все посмотрели туда, где сидела Стефания Смит, руководитель управления поддержки. Она не смутилась:

— Было принято решение обойтись силами ФБР, — заявила она, — и поэтому наши сотрудники не подключались к подобному проекту.

— Нужно было сразу задействовать наших людей, — обратился к Крейгу директор ЦРУ. Портер Джонстон Госс был только недавно назначен на этот пост. Он сменил самого Джорджа Тенета, который был не только директором, но и прошел все ступени кадрового роста, занимая пост и заместителя директора ЦРУ по оперативной работе. У самого Госса такого опыта было гораздо меньше, и поэтому он иногда комплексовал. Среди его предшественников были великие имена Аллена Даллеса, Уильяма Колби, Джорджа Буша-старшего, Уилья-ма Уэбстера и других. На их фоне Госс выглядел не очень привлекательно. К тому же его всегда сравнивали с ушедшим Тенетом, и явно не в пользу самого Госса.

— Нужно было задействовать наших людей, — повторил директор ЦРУ, — и обеспечить охрану всех остальных агентов. Почему вы этого не сделали?

— Вопрос обсуждался с руководителями нескольких отделов, — доложил Крейг. — Было принято решение передать досье на охрану этих лиц в ФБР. Почти все указанные агенты уже прекратили с нами активно сотрудничать. Мы считали, что нужно поручить их охрану ФБР, чтобы не подставлять наших людей.

— Вы ошиблись. С самого начала было ясно, что прибывшие ликвидаторы имеют отношение к спецслужбам. И обычные агенты ФБР их не остановят. Вы можете зачитать ваш список? Оставшихся в живых агентов.

— Конечно. — Крейг достал список агентов, живущих в Соединенных Штатах. — У меня одиннадцать фамилий. Майор Левченко, полковник Бохан, подполковник Морозов, генерал Калугин, полковник Ползунов, подполковник Фоменко, подполковник Макеев, полковник Скобелев, подполковник Черпинский. И еще двое офицеров — Коноплев и Илларионов. Итого одиннадцать человек, находящихся в настоящее время на нашей территории.

— Вы получили рекомендации аналитического отдела? — Было понятно, что Портер Джонстон Госс уже не просто нервничает. Он был в ярости.

— Получили, — ответил Крейг. — Они считают маловероятным нападение на генерала Калугина. Слишком известное лицо. Затем Левченко. Его тоже убирают из списка. Он уже пожилой человек, работает в известной русской газете, и его убийство станет громкой сенсацией, окончательно испортив отношения Америки с Россией перед саммитом в Санкт-Петербурге. Мы считаем такое убийство маловероятным...

— Бентон-Труханов тоже был пожилым человеком, — напомнил Мансфилд, — но его убрали.

— Он жил по программе защиты свидетелей, — возразил Крейг, — и о нем никто не знал. Даже не помнили. Никто, кроме тех ликвидаторов, которые прибыли в Гласгоу. Мы также считаем, что прибывших специалистов не заинтересует Илларионов, который работал на нас с конца восьмидесятых. В девяносто первом мы вывезли его в США. Он был обычным вице-консулом в Генуе и не мог знать большинства агентов, работавших в Италии. Именно поэтому его показания подверглись тщательному анализу. Выяснилось, что вся его разведывательная сеть на севере Италии, о которой он нам рассказал, не выдерживает никакой критики.

Почти всех агентов он просто придумал, записывая туда всех, кого он мог знать, работая в Италии. Илларионов хотел привлечь к себе больше внимания, чем на самом деле заслуживал. Наши аналитики считают его «отработанным материалом».

Крейг взглянул на листок бумаги и твердо закончил:

— Остальные восемь бывших агентов обязаны получить особую охрану. Судя по регулярности, с которой исполняют свои опасные трюки прибывшие «гастролеры», мы планируем, что очередное убийство может произойти завтра или послезавтра. Мы пока видели только смазанные снимки возможных ликвидаторов. Но мы знаем, что их двое. Знаем их примерный возраст, манеру общения, даже имеем пленки с их изображением. Но это ничего нам не дает. Они могут загримироваться или вообще выйти из игры. Сейчас наши специалисты просматривают пленки из казино, чтобы определить, где могли быть возможные ликвидаторы.

— Восемь человек, — повторил директор ЦРУ Портер Госс. — Вы понимаете, мистер Крейг, какую ответственность возлагаете на нас? Если мы провалимся и завтра, то отправимся в отставку все вместе, расписавшись в своей полной профессиональной непригодности.

— Восемь человек, — повторил вслед за ним упрямый Крейг. — Убийцы появятся завтра или послезавтра. Рядом с любым из них. С любым. Нам нужно разделиться и организовать восемь групп поддержки. Уже сегодня. И приступить к активным мероприятиям. Только так. Иначе мы рискуем потерять еще несколько человек. Обычные провинциальные агенты ФБР не могут справиться с ликвидаторами подобного уровня. Нужны наши люди, сэр.

Стефания Смит поднялась. Она понимала, что сейчас решается и ее судьба.

— Мы готовы начать активные мероприятия, с тем чтобы не допустить развития ситуации по худшему сценарию, — доложила она.

— Садитесь, — разрешил ей директор, — все равно подобная операция будет связана с моим именем. Мистер Давис, что по вашему ведомству?

Карлос Давис был руководителем Центра аналитической поддержки и изучения ситуационных моментов. К тому же он считался заместителем директора ЦРУ. Он подвинул к себе папку с документами.

— Мы несколько дней работаем над проверкой, — доложил Давис, — у нас получились очень интересные результаты. В Москве точно знают, где и как мы прячем их бывших агентов. Таким образом, утечка информации не вызывает сомнений. Что касается Европы, то здесь гораздо интереснее. Ни одного убийства в Великобритании. Их спецслужбы работают безукоризненно. Даже самый известный перебежчик, который был резидентом советской разведки в Лондоне, Олег Гордиевский, спокойно ходит на все мероприятия, организуемые в столице Великобритании. Информация в Москву идет по линиям западногерманской и французской разведок. У нас есть подозрения, что это сотрудник, находящийся в Штабе Верховного командования НАТО в Европе, или специалист, отвечающий за обе эти страны. На его поиски нам могут понадобиться недели две. Или три.

— За три недели они перебьют всех агентов, — возразил директор ЦРУ. — Я полагаю, вы отдаете себе отчет в том, что три недели — это абсолютно нереальный срок. Если вам нужно, подключайте к расследованию новых людей, но выясните, где и как происходит утечка информации. Вы информировали наших союзников о возможной утечке информации?

Давис взглянул на остальных сотрудников ЦРУ, сидевших за столом. Все молчали. Он незаметно вздохнул, нужно докладывать самому.

— Нет, — выдавил он, — наше управление считает подобную акцию нецелесообразной.

— Почему? — не успокаивался Госс.

— Мы не можем сообщить им о наших подозрениях, — объяснил Давис. — В этом случае информаторы почувствуют, что их пытаются вычислить. Возможно, мы поможем союзникам, но упустим информатора в наших рядах. Поэтому было принято решение начать проверку, не информируя наших союзников.

— То есть вы хотите сказать, что мы сознательно подставляем наших союзников в Европе, чтобы вычислить информатора в ЦРУ? — гневно уточнил Госс.

Все молчали. Формально директор был прав. Но на войне не бывает формальных законов. Нужно подставить пешку, чтобы выиграть фигуру. Нужно подставить французскую и германскую разведки, чтобы обнаружить возможного информатора внутри ЦРУ, и уже потом помочь союзникам.

— Да, — ответил Давис, — если мы их информируем о наших подозрениях, то наш запрос может попасть к тому самому человеку, которого мы ищем. Он может передать эту информацию в Москву. А они, в свою очередь, предупредят своего человека. Поэтому мы не имеем права рисковать. Чем меньше людей знает об этой операции, тем лучше.

Госс молчал. Затем неохотно признался.

— Мы подставляем наших союзников. Это очень плохо. Но если вы считаете, что нет другого выхода... Действуйте. В конце концов, мы работаем и на их интересы.

О возможных агентах, которые будут ликвидированы, он даже не вспоминал. Давис кивнул, двигая к себе папку еще ближе.

— Вы считаете, что информаторов двое? — уточнил Госс.

— Мы проверяем всю информацию, — уклонился от прямого ответа Давис, — но пока не смогли найти возможного специалиста, который бы знал такие подробности и у нас, и в Европе. Возможно, что их двое. Но еще более возможно, что их трое или четверо.

Наступило неприятное молчание.

— Вы хотите сказать, что русские начали массовую атаку на нашу агентуру, получив сразу несколько информаторов? — В абсолютной тишине голос директора ЦРУ прозвучал как приговор.

— Да, — кивнул Давис, — совершенно очевидно, что они готовились к подобной операции несколько лет. И потратили на нее очень большие деньги. Вы знаете, какие сейчас цены на нефть. Россия захлебывается в нефтедолларах. Возможно, что они получили дополнительное финансирование. Хотя у наших специалистов до сих пор вызывает сомнение, что подобную операцию начала Служба внешней разведки России. Они должны четко понимать, что мы предпримем ответные меры, убирая наших бывших агентов в России и в странах СНГ. Кроме того, подобный вызов означает конец временному сотрудничеству наших спецслужб и возобновление «холодной войны». Они должны это ясно понимать.

— Нефтедоллары, — услышал знакомое слово директор ЦРУ, — нефтедоллары. Сначала на эти деньги к нам приезжают террористы, которые учатся в наших летных школах, потом захватывают наши самолеты и убивают наших граждан. Потом на эти деньги они вооружают и финансируют своих сторонников по всему миру. А сейчас и русские, используя эти деньги, решили ударить нас в самое незащищенное место.

Молчание длилось несколько секунд. Все ждали решения руководства.

— Восемь человек, — громко повторил уже в который раз директор Госс. — Наша задача быть рядом с ними в тот момент, когда у них за спиной окажутся ликвидаторы. Я даю разрешение на проведение активных мероприятий по нейтрализации приехавших в нашу страну профессиональных убийц. Мистер Крейг. Вся координация этого проекта возлагается исключительно на вас. Спасибо, господа. Надеюсь, в следующий раз мы увидимся по более приятному поводу.

Крейг увидел, как к нему подошел его напарник.

— Если мы потеряем еще одного агента, то можем не думать о своей пенсии, — прошептал Крейг. — Я даже не представляю, что нам делать. Даже не представляю.

— Боюсь, что еще раньше пенсию потеряют совсем другие люди, — возразил Кинг, показывая в сторону руководства.

Москва. Россия. 19 мая 2006 года

Вечером он набрался смелости и сам позвонил Элине. И с радостью услышал ее приятный голос.

— Я думала, что вы позвоните раньше, — откровенно сказала она.

— Я бы обязательно позвонил, — ответил Караев, — но у меня сегодня были важные встречи.

— Что-то насчет Павла? — Она умела чувствовать.

— И насчет него тоже. Может, мы скоро точно узнаем, что с ним случилось. Надеюсь, что узнаем.

— Наташа вся извелась, — сказала она. — Лучше горькая правда, чем такое подвешенное состояние.

— Да, — согласился он, — я с вами согласен. Когда мы можем увидеться?

— Через полтора часа. Вы еще не забрали свою машину?

— Прямо сейчас еду. — Он вспомнил, что действительно не забрал свой автомобиль. Нужно будет заплатить штраф. Интересно, сколько они с него возьмут?

— Тогда через полтора часа. Я буду ждать вас у дома. До свидания.

Он бросил телефон и поспешил переодеваться. Нужно было доехать до штрафной стоянки и забрать свою машину, оформив ее получение. У него не так много времени. К счастью, он успел все сделать. Уплатить штраф и забрать машину, которая была в ужасном состоянии. Ее нужно было помыть, но он мог опоздать. Здесь ему повезло. Неожиданно хлынувший ливень смысл с автомобиля всю пыль. Он подъехал к дому Элины точно в срок. Она уже ждала его, спрятавшись под козырьком подъезда. На ней был брючный костюм темного цвета.

Он мягко затормозил машину почти рядом с ней, и она быстро пробежала в салон, сделав несколько шагов. Бросила назад свой зонтик, который так и не раскрыла. Улыбнувшись, поздоровалась.

— Прекрасный дождь, — сказала Элина, — я люблю, когда идет дождь. Не знаю почему, но люблю. Наверно, обилие воды меня радует, я слишком много времени провела в Санкт-Петербурге.

— Я тоже вырос у моря, — напомнил Караев, — и здесь мне в первое время часто его не хватало. Потом привык. Привык даже к вечной слякотной погоде и к темным длинным вечерам. Хотя иногда скучал без солнца. И начинал понимать северян, которые приезжают на южные курорты только для того, чтобы насладиться солнцем и морем.

Они вели себя так, словно не было вчерашних поцелуев. Сначала короткого и осторожного. Потом более продолжительного. Он не знал, как вести себя в этой ситуации, просто не представлял. Через несколько минут он остановил автомобиль у знакомого ресторана. Метрдотель его сразу узнал, он иногда позволял себе здесь обедать. И отвел к столику у окна. Раздали меню. Она сказала, что полностью полагается на его вкус. И он сделал заказ, даже не раскрывая меню.

— Вы часто здесь бываете? — спросила Элина, улыбнувшись.

— Иногда бываю, — признался Тимур, — но не так часто. Ужинать одному скучно, лучше сделать заказ и увезти все домой.

— А почему вы до сих пор один? Красивый и обеспеченный мужчина, который давно мог иметь любую подружку. Сейчас с этим проблем нет. Да и никогда, по-моему, не было. Это у женщины в сорок лет заканчивается жизнь, — немного насмешливо сказала она, и стало ясно, что сама Элина так не считает. — Но у вас прекрасный возраст. И вы в хорошей форме.

— Насчет возраста не знаю, — ответил он, — а насчет молодой подружки... Вы, наверно, меня с кем-то путаете. Я не такой обеспеченный человек, как вам кажется. У меня есть московская квартира, машина. Но я живу на свою зарплату и пенсию, которую получаю от государства. Вот и все. Я не так богат, чтобы рядом со мной вертелись красотки из модельного агентства. Им нужны совсем другие мужчины, с иным уровнем богатства.

— Про них я не говорю, — возразила Элина, — но даже ваш друг Павел уже в пятидесятилетнем возрасте нашел себе новую жену. Что вам мешало найти себе такую подругу?

— Не знаю. Наверно, не искал. Мне было неплохо одному. Очевидно, профессия наложила свой отпечаток. Я не знаю, — признался он.

— Можно было тактично ответить, что вы пока

не нашли себе подругу сердца, — подсказала ему Элина.

— Нет, — сказал он, — я не искал. Это более точно. И вообще до вчерашней встречи с вами я меньше всего думал о женщинах. У меня есть знакомые дамы, с которыми я иногда встречаюсь. Такая гимнастика для тела, но не для души. И нам хорошо. Надеюсь, что им бывает так же хорошо.

Она прикусила губу.

— А я думала, что вы сохраняете трогательную верность своей разведенной жене, — дерзко произнесла Элина.

— Не нужно о ней, — мягко попросил Тимур. — Мы разошлись и остались друзьями. Просто в какой-то момент мы поняли, что нам будет лучше жить самостоятельно. Она переехала в квартиру своих родителей. У нее были родители — известные литературоведы. И хорошая квартира в центре города. Она туда и переехала. Все решилось по обоюдному согласию.

— Вы часто бываете конформистом? — спросила Элина.

— В отношении с женщинами — да. Я не умею с ними конфликтовать. Во всех остальных случаях пытаюсь отстаивать свою позицию.

— Получается?

— Не всегда.

Она рассмеялась. У нее были мелкие красивые зубы, словно идеально подогнанные неведомым дантистом. Или у нее были свои зубы?

— Меня поражает в вас это невероятное сочетание силы и слабости, — призналась она. — Романтики и прагматизма. Нет, скорее, рационализма. Вы интересный человек, Тимур Караев.

— Можно теперь я задам вам несколько вопросов? — поинтересовался он.

— Конечно. Что вас интересует? Учитывая вашу профессию, вы наверняка зададите мне более точные и нужные вопросы.

— Вы не живете со своим мужем?

Она улыбнулась. Официант принес заказанные блюда и стал расставлять их на столике. Разлил вино, воду.

— За нашу встречу, — сказала она, поднимая бокал.

— За встречу. — Они едва слышно чокнулись.

Элина поставила свой бокал на столик. Он терпеливо ждал ответа на свой вопрос.

— Я с ним не живу, — наконец произнесла Элина, — если вы имеете в виду нашу физическую близость. И уже очень давно. Несколько лет. С тех пор, как точно установила, что он встречался с одной из моих подруг. Было больно и обидно. Но физически я еще находилась в своей квартире, рядом с ним и со своим сыном. Хотя спальни у нас были разные. Я ответила на ваш вопрос?

— Вполне. И у вас не было мужчин?

— Вам не кажется, что ваши вопросы имеют несколько скандальный привкус?

— Нет. Мне важно знать.

— Я могу соврать.

— Вы не станете врать. — Он смотрел ей в глаза. Она впервые отвела глаза.

— Мне уже за сорок, — сообщила Элина. — Женщины обычно не говорят о таких вещах. И я не люблю, когда пожилые дамочки начинают скакать как молодые козочки, заводя себе альфонсов, годящихся им в сыновья. Кроме того, я очень требовательная женщина, и не каждый мужчина мне может понравиться. К сожалению, мой муж отбил у меня охоту нравиться другим мужчинам, хотя несколько предложений было. Последнее — вчера вечером. Я его тоже отвергла, хотя ужасно хотела согласиться.

Он вспомнил свое предложение. И почувствовал, что краснеет. Как мальчик. Он поднял бокал с вином.

— За вас.

— Надеюсь, что старая перечница еще чего-то стоит. — Бокалы стукнулись с гораздо более сильным звуком.

— Между прочим, я не гожусь вам в сыновья, — заметил он, глядя ей в глаза. — Скорее, я мог бы быть вашим взрослым дядюшкой.

— Который пытался бы совратить свою племянницу. — Она усмехнулась. — У меня действительно не было мужчин, Тимур. Вы не слушайте, как я говорю, это из-за моей закомплексованности.

Я вчера сама себя не узнавала. Творила что-то невероятное. И сегодня не понимаю, что со мной происходит. Кружится голова, я нервничаю. Как на первом свидании. А ведь мы с вами могли быть уже дедушкой и бабушкой.

— Насчет бабушки вы погорячились.

— Нет. Моему сыну уже двадцать, не забывайте об этом, Тимур. И у меня был опыт не совсем удачной семейной жизни. Наташа как раз рассказывала про вас, когда вы позвонили в дверь. И я подумала, что так не бывает. Вы мне понравились с первого взгляда. Как тот идеал мужчины, который я нарисовала себе в молодости. Сильный, мужественный, сдержанный, умный. Такое невероятное сочетание вашей южной крови с еврейской. Горючая смесь, но в вас есть что-то недосказанное. И что-то очень надежное. Женщины обычно чувствуют подобные характеры. Вы не умеете изменять любимым женщинам, предавать друзей, обманывать приятелей. В вас есть нечто цельное, что сразу к вам располагает.

— Портрет получился слишком хорошим, — пробормотал он, — я вовсе не такой. Иногда я соглашаюсь на компромисс, иногда просто отступаю. Я не такой, каким вы меня видите.

— И такой тоже, — сказала она, — поэтому вы мне понравились. Мне кажется, что я в вас немного влюбилась. Понимаю, что это глупо. Мы знакомы только один день. Но вчера вы произвели на меня впечатление. Говорят, что на самом деле все это химия и людей привлекают друг к другу их запахи. Мне нравится ваш запах, Тимур. Я всю ночь его чувствовала. На своих губах.

Она подняла бокал.

— А теперь выпьем за вас, — предложила она. Бокалы на этот раз едва соприкоснулись друг с другом.

— Ваше предложение еще в силе? — вдруг спросила Элина.

— Какое предложение? — не понял Караев.

— Вчера вы позвали меня к себе? Или я ошиблась?

Он молча смотрел на нее.

— И учтите, — вдруг сказала она, — если я сегодня поеду с вами, то это будет впервые в моей жизни. Даже с мужем я встречалась больше трех месяцев, прежде чем он уговорил меня поехать к нему. Наверно, я не должна была этого говорить, но я вам сказала. И вообще, в вашем присутствии мне хочется быть маленькой девочкой, озорничать, кричать, ругаться и ничего не бояться... — Она подумала и добавила: — И ничего не скрывать. Какая у вас группа крови? — вдруг спросила Элина.

— Третья отрицательная. А почему вы спрашиваете?

— Мне просто интересно.

— А я боюсь, — вдруг произнес Тимур.

— Что? — не поняла она.

— Я боюсь, — повторил он, — боюсь не оправдать ваших надежд.

Она широко улыбнулась.

— Вы уже их оправдали, господин полковник. Вот этими словами. Больше ничего не нужно говорить. Я не ошиблась в своем выборе.

Малага. Испания. 20 мая 2006 года

С раннего детства его считали «счастливчиком». Он родился в Москве, в июне шестидесятого, в семье дипломата. Отец работал в Министерстве иностранных дел, часто выезжал в командировки, служил генеральным консулом, советником посольства и послом в разных западноевропейских странах. Маленький Ашот начал учебу во Франции, где он пошел в школу при советском посольстве. Французский язык стал как второй или третий родной. В институт он поступил сразу после школы, выбрав для себя персводческое отделение филологического факультета МГУ. Учиться было легко. Но уже на пятом курсе ему предложили работу в органах государственной безопасности. Еще несколько лет ушли на учебу в знаменитой сто первой школе Первого главного управления КГБ СССР, названной потом Краснознаменным институтом имени Юрия Андропова.

Закончив и это учебное заведение, Нерсесян получил направление в Нью-Йорк, где работал в постоянном представительстве СССР в ООН. К тому времени он в совершенстве знал несколько языков, в том числе французский, английский, испанский. Его ценили коллеги и любили женщины. За веселый, остроумный нрав, за готовность всегда помочь, за жизнерадостный компанейский характер.

Первые звания он получал легко, словно так и должно было быть. Уже в двадцать семь стал капитаном, был на хорошем счету у начальства. Но у Ашота Нерсесяна была и тайная страсть: он очень любил женщин, пропадал в ночных клубах, посещал стрип-тиз-бары и заводил знакомства с сотрудницами различных постоянных представительств при ООН. В восемьдесят седьмом его сфотографировали в одном из ночных клубов. Фотография попала в газеты. Нерсесяна срочно отозвали домой, в Москву.

Там уже вовсю ощущались признаки надвигающегося кризиса. В восемьдесят восьмом ему не дали очередного звания, обойдя при присвоении очередных воинских званий офицерам ПГУ. Более того, из первого отдела ПГУ, занимавшегося американскими вопросами, его перевели в десятый отдел, который специализировался на франкоязычных странах Африки. Не в пятый отдел, куда он очень хотел попасть и который курировал страны Бенилюкса, Францию, Италию, Испанию, а в десятый. Ашот впервые подумал тогда, что его способности не ценят в родной организации.

Следующие три года прошли в постоянных разъездах по жарким африканским странам. И в условиях уже не просто надвигающегося кризиса, а настоящего краха. Который и наступил через несколько месяцев. Сначала были августовские события, когда группа высших деятелей страны пыталась спасти ее от развала, но действовала настолько нерешительно и бездарно, что своими трусливыми и пассивными методами только подтолкнула другую сторону к активному противодействию. И в результате страна сразу потеряла три прибалтийские республики. А через несколько месяцев в Беловежской Пуще трое лидеров славянских республик законодательно закрепили развал огромной страны, поставив свои подписи под документами, свидетельствующими о подобной катастрофе.

Нерсесян, вернувшийся в Москву, вдруг оказался без партии, членом которой был, без государства, гражданином которого он являлся, и без организации, в которой служил. Первое главное управление КГБ СССР выделили в отдельную Службу внешней разведки и вывели из состава некогда единой организации. Начались массовые сокращения. Нерсесяну повезло, он был относительно молод — его не уволили по сокращению штатов и не отправили на пенсию. К этому времени ему шел тридцать второй год. И он все еще был капитаном. Это было унизительно, его одногодки давно получили очередные звания.

Майора он получил в девяносто четвертом. Но

к этому времени Нерсесян превратился в абсолютного циника, который ни во что не верил и не признавал никаких моральных авторитетов. После августа девяносто первого он словно стал другим человеком. Бог умер, провозгласила новая власть. Да здравствуют новые порядки и новые кумиры. Новыми кумирами были стодолларовые бумажки с изображением Франклина, западный образ жизни, умение приспосабливаться, умение быстро забирать все, что можно было забрать.

Он начал приспосабливаться — открывал палатки, выкупал новые помещения для магазинов. О его коммерческой и предпринимательской деятельности быстро узнали на работе. Ему объявили очередной выговор, едва не выгнав со службы. Это озлобило еще больше. Когда другие становились миллионерами, он был вынужден сидеть на казенной службе в Москве со своей нищенской зарплатой.

В тридцать пять лет у него практически не было никаких перспектив. Он мог дослужиться до пенсии и тянуть еще лет двадцать эту служебную лямку, курируя франкоговорящие страны Африканского континента. Мог уйти с работы и попытаться стать частным бизнесменом с перспективами, равными нулю. К этому времени основную часть собственности уже расхватали жадные, предприимчивые и находчивые молодые люди.

Разбогатеть ему очень хотелось. Заниматься бизнесом ему не разрешали, а уходить со службы в «самостоятельное плавание» он просто опасался. Он думал достаточно долго. С одной стороны, была нищенская пенсия, неперспективная работа сотрудника внешней разведки, уже имевшего два выговора и так поздно получившего звание майора, частые командировки в бедные страны Африки, где легко можно было подцепить малярию или какую-нибудь другую заразу. А с другой — обеспеченная жизнь на Западе, Западный рай, все ценности цивилизованного мира, которых ему так недоставало. В девяносто шестом он наладил контакты с французской разведкой. Три года он получал деньги на свои счета в швейцарском банке. И через три года ему сообщили, что в его отделе будет проводиться служебное расследование.

Можно было дождаться результатов и все отрицать. Можно было рискнуть остаться и получить третий выговор, а за ним и возможную отставку. Но можно было, не дожидаясь окончания проверки, просто уехать на Запад и не вернуться. Что он и сделал, пересев на поезд, следующий до Парижа, и через день объявился во Франции. Он приехал не с пустыми руками. Благодаря его показаниям сразу в нескольких африканских странах были арестованы информаторы и агенты российской внешней разведки. Двоих убили во время допросов, еще несколько человек расстреляли. Он получил наконец доступ к своим деньгам. Некоторое время жил во Франции, но затем переехал в Испанию. Купил небольшой участок земли под Малагой, где шло наиболее бурное строительство, и построил себе очень красивый домик с бассейном и садом.

Он оказался неплохим бизнесменом — сумел вложить свои деньги в акции нефтяных компаний. И угадал. На фоне падения акций всех остальных компаний и глобального кризиса, начавшегося сначала одиннадцатого сентбря и вспыхнувшего с новой силой после второй войны американцев с Ираком, когда они вошли в Багдад, цены на энергоресурсы начали расти невероятными темпами. А стоимость барреля нефти увеличилась в несколько раз. Акции, купленные Нерсесяном, только росли в цене. И к началу две тысячи шестого года он уже был достаточно обеспеченным человеком со своим солидным капиталом. Он успел жениться на испанке, которая родила ему мальчика. И получить испанское гражданство. Теперь можно было вспомнить годы, проведенные в Москве, как дурной сон. Он был «счастливчиком» с детства и остался таким и в сорок шесть лет. Ашот Нерсесян был абсолютно убежден, что ни в чем не виноват перед своей бывшей организацией. Если разобраться, он не выдал ни одного агента, не сдал ни одного из своих коллег. Он всего лишь рассказал о нескольких темнокожих информаторах, работавших на российскую внешнюю разведку. Таких людей можно найти сколько угодно, хорошо заплатив им за сотрудничество. О том, что сделали с этими людьми, он предпочитал никогда не вспоминать.

В этот день он возвращался домой в хорошем настроении. Стоимость его акций росла, дома его ждали очаровательная супруга и малыш, все было прекрасно. Он управлял своим «Мерседесом», направляясь к себе на виллу. И даже не подозревая, что на повороте его будет ждать смерть.

Москва. Россия.
20 мая 2006 года

У него были женщины. И не только его знакомые в Москве. Он встречался с одной китаянкой по заданию своего резидента и с одной шведкой по собственному желанию. Однажды в Великобритании он встретился с темнокожей гаитянкой, и это была тоже запомнившаяся ночь. Одним словом, у него и раньше были неординарные связи с женщинами. Но первая ночь с Элиной его потрясла. Может, потому, что он вдруг впервые по-настоящему почувствовал, что ему нравится эта женщина. Нравится ее молчание, когда она стискивала зубы, чтобы не закричать и не застонать, нравилось, как она брала инициативу в свои руки, заставляя его менять позы, нравилось, как она себя вела после всего происшедшего, когда спокойно лежала на постели, глядя в потолок. Кажется, не было ни одной детали, которая могла вызвать у него отторжение или непонимание. Было полное ощущение абсолютной гармонии. Он вдруг подумал, что, наверно, так и должно быть, когда встречаются люди в возрасте. Им уже не нужно удивлять друг друга какими-то кульбитами в постели. Оба обладают выдержкой, тактом, пониманием. У обоих большой опыт.

Какая глупость, вдруг разозлился он на себя. Просто гимн старикам. Которые все умеют и ничего не хотят. Ничего подобного. В эту ночь у него была подлинная страсть. Все происходило так именно потому, что они были влюблены друг в друга. Но самое поразительное, что под самое утро она приняла душ и настояла, чтобы он вызвал ей такси.

— Я могу тебя отвезти, — предложил удивленный Тимур.

— Нет, — возразила она, — тебе нужно отдохнуть. И мне нужно немного поспать. Извини, но я не могу пока переехать к тебе и отсюда отправляться на работу. Для этого я недостаточно подготовлена. Я все еще придерживаюсь консервативных привычек. Чтобы окончательно переехать в дом к мужчине, его нужно хорошо знать. Или быть его супругой. А я супруга другого человека, не забывай об этом.

— Сегодня суббота, — напомнил он.

— Это неважно. Я все равно должна уехать. Ты говорил, что у тебя сегодня дела. Зачем мне сидеть одной в твоей квартире? Вернешься и позвонишь.

Когда она хотела что-то доказать, с ней было трудно спорить. Это он уже усвоил раз и навсегда.

Но ему нравился ее сложный характер. Он вызвал машину, проводил ее вниз до автомобиля. Заплатил водителю, подождал, пока уедет. Она помахала ему кончиками пальцев. В квартире все еще пахло ее парфюмом и ее телом. Он подошел к постели и, раздевшись, зарылся в эту подушку, хранившую тепло ее волос. Сегодня была удивительная ночь. Неужели у него были когда-то подобные ночи со своей женой? Или он об этом забыл? Когда все это происходило? Двадцать, нет, тридцать лет назад. Какой ужас. Он действительно старик, который пытается выглядеть молодым. Она — приятная, умная, красивая молодая женщина — выбрала себе в партнеры такого старого мужчину. Он поднялся с постели и подошел к зеркалу.

Достаточно подтянутая фигура без намека на лишний жирок. Развитая грудь, плечи, бицепсы. Немного седых волос на груди. Конечно, он не мальчик. Но и не развалина. Нет, он совсем не старик, как бы плохо он к себе ни относился. Тимур улыбнулся. В пятьдесят шесть лет можно начать немного любить свое тело и свою внешность. Ему было всегда немного смешно, когда коллеги на работе считали его симпатичным мужчиной. Один раз было неприятно, когда в середине семидесятых к нему начал приставать подвыпивший мужчина в Ростоке. Они тогда были там с туристической группой. Было даже обидно, мужчина решил затащить такого красивого молодого человека в свою постель.

Тимур тогда с трудом отбился и потом всегда вспоминал эту историю уже с юмором. Нет, пока все в порядке. Но пятьдесят шесть — это пятьдесят шесть, и здесь ничего нельзя сделать.

Он не спросил, сколько ей лет. Но, судя по тому, как она себя вела, у нее еще не закончился репродуктивный возраст. Значит, ей не больше сорока пяти. Может, сорок, может, чуть больше. Наверно, в молодости такой возраст кажется ужасно старым. А когда человеку сорок, он чувствует себя еще совсем молодым. Как несправедливо распорядилась природа по отношению к женщинам. Именно в тот период, когда они достигают настоящей зрелости и становятся мудрыми и опытными, природа отнимает у них самый главный дар к воспроизводству жизни. Женщина может в таком возрасте стать бабушкой, но матерью очень сложно. Хотя почему сложно? Великая Софи Лорен родила двух мальчиков в этом возрасте. Но это Софи Лорен.

Он вернулся и сел на кровать. Нужно предложить Элине переехать к нему, вдруг подумал Тимур. Им нужно жить вместе. Нет, она замужем и пока не разведена. И у нее взрослый сын. Так нельзя. Нельзя подставлять женщину только потому, что ему хочется видеть ее каждый день. Это нечестно и непорядочно. Сначала она должна развестись с мужем. По российскому законодательству они могут развестись без суда, если нет имущественных споров и у них совершеннолетние дети. Их сыну уже двадцать, а имущественными спорами она заниматься не будет, в этом Караев был убежден. Значит, они могут быстро развестись даже не в суде, а в обычном загсе. Но для этого ей нужно будет вернуться в Санкт-Петербург и подать заявление.

«О каких глупостях я думаю, — вдруг подумал Тимур. — Ведь она мне ничего не обещала. И я ей ничего не предлагал. Почему я так убежден, что она бросит из-за меня свою семью — мужа и сына — только для того, чтобы переехать ко мне в Москву? Почему я думаю только о себе. Ведь решение должна принять сама Элина».

Он взглянул на часы. Уже половина восьмого. Заснуть все равно не удастся. К тому же ровно в десять часов утра его ждет сам Большаков. Теперь он знает, в какую организацию его принимают. Если в ней заправляет самый засекреченный член руководства страны, то можно представить, как они работают. Для Большакова было не очень трудно отключить не только несколько телефонов в квартире Слепцова, но и вообще оставить без связи какой-нибудь район Москвы. Или без электричества. У него нет никаких ограничений, никаких запретов. Если у любой спецслужбы существует целый комплекс нормативов, в рамках которых они должны действовать, то у Комиссии таких рамок просто нет. Все, что делается во благо страны и для обеспечения ее безопасности, должно быть сделано.

И решают, как это сделать, специалисты из Государственной комиссии. Сотрудники Большакова.

Караев прошел в душ. Нужно будет подать заявление и уйти из службы безопасности нефтяной компании, где он работает уже несколько лет. Они на него наверняка обидятся, ведь ему уже предлагали должность заместителя руководителя службы безопасности. А вместо этого он уходит на работу в другую организацию. Наверняка обидятся. И ничего объяснить он все равно не сможет.

Он обычно принимал по утрам холодный душ. Выйдя из ванной и вытираясь большим полотенцем, он почувствовал себя гораздо лучше. Взглянул на часы. До назначенного времени осталось около двух часов. Нужно будет продумать, как себя вести, и подготовиться к возможной беседе. Они умеют проверять своих сотрудников. Чтобы попасть на работу в Комиссию, нужно быть готовым к любой проверке, даже на «детекторе лжи». Хотя все эти электрические игрушки — уже вчерашний день. Для этого есть новейшие достижения фармацевтики. Достаточно сделать ему укол натриевого пентанола, и он будет говорить правду. Одну только правду, несмотря на все свое желание соврать. Такие препараты уже давно применяются при допросах. Это где-то в азиатских странах или в Африке все еще прибегают к испытанным методам издевательства над заключенными, физическим пыткам, чтобы сломить волю несчастных. В цивилизованных странах все давно известно и продумано. Появляется врач, который мило улыбается, разговаривая со своим пациентом. Он делает абсолютно безболезненный укол и удаляется. Только один укол — и подозреваемый говорит правду. Гуманно и очень эффективно.

Он не боялся подобного допроса. И он понимал, что его проверят несколько раз, прежде чем допустят к работе. И прежде чем он станет полноправным членом организации «Щит и меч», которая поставила перед собой такие невероятные задачи.

Малага. Испания. 20 мая 2006 года

Дорога в этом месте резко поворачивала налево. Ашот помнил, как однажды едва не разбил свою машину, чудом избежав столкновения с другим автомобилем, который выехал навстречу. Но тогда в том автомобиле находилась дама, которая сама не вписалась в поворот. Нерсесян еще с усмешкой подумал, что женщины во всех странах мира одинаково плохо управляются с техникой. Разумеется, среди них попадаются и те, кто умеет обращаться с техникой не хуже мужчин. Но большинство садится за руль только для того, чтобы куда-то добраться. Получать удовольствие от езды им не дано. Они просто не понимают подобных вещей. Машину женщины используют только в качестве средства передвижения.

Именно поэтому он сбавил скорость на повороте. Совсем не обязательно, чтобы его новый «Мерседес» ударили. И хотя страховая компания во всех случаях отремонтирует его машину, ездить на уже побитом автомобиле ему не хотелось. Впереди стояла какая-то небольшая машина. Серый «Рено». Вышедший из автомобиля водитель поднял руку, рассчитывая на помощь проходивших мимо автомобилей. Ему повезло. На этой дороге бывает мало машин в такое время года. Сезон еще не начался. Через две недели сюда хлынут туристы со всего мира, а в июле и в августе весь берег Коста-дель-Сол будет переполнен туристами. И это при том, что Средиземное море в этой части Иберийского полуострова прогревается недостаточно тепло и температура не поднимается выше двадцати — двадцати двух градусов.

Он мягко затормозил машину. Вышел из своего автомобиля. Здесь принято помогать друг другу. Возможно, это новый сосед, который должен был приобрести виллу Санчес, выставленную на продажу еще с двадцатого апреля. Оценивать незнакомца по его автомобилю нельзя, это Нерсесян знал хорошо. Здесь не принято кичиться своим богатством. Владелец роскошной виллы, стоившей несколько миллионов долларов, может передвигаться на велосипеде или купить себе небольшой «Форд» для разъездов. Ашот подошел к незнакомцу.

— Добрый вечер, — вежливо поздоровался он, — у вас проблемы?

Он говорил по-испански.

— Извините, — развел руками незнакомец, ответивший на английском, — я не говорю по-испански. По-английски или по-французски.

— Никаких проблем, — перешел на английский Ашот. — Что у вас случилось?

— Заглох мотор, — пояснил незнакомец. — Дело в том, что я взял эту машину сегодня днем, чтобы приехать на виллу, которую собираюсь купить. И этот автомобиль заглох. Я уже звонил в агентство, но они не отвечают.

— В субботу вечером, — улыбнулся Ашот, — здесь, на юге Испании, еще много своих особенностей. Это вы хотите купить соседнюю виллу?

— Мы к ней присматриваемся, — признался незнакомец, — хотим ее приобрести. А вы здесь живете?

— Моя вилла на холме, — показал Ашот, — в двух километрах отсюда. Здесь великолепный климат и прекрасные люди. Они не всегда обязательные и исполнительные, как и во многих южных странах, но радушные, открытые, веселые. Вам здесь очень понравится.

— Я думаю, что да, — кивнул мужчина. — Что мне делать? Позвонить и вызвать техников, чтобы посмотрели машину?

Ашот посмотрел на часы. Покачал головой.

— Они приедут часа через полтора, — убежденно сказал он, — не раньше. Не забывайте, что сегодня суббота. А в агентстве, которое выдало вам машину, уже наверняка никого нет. Будет лучше, если мы оставим автомобиль здесь и вы доедете со мной до моей виллы. Там вы подождете техников, а потом вернетесь с ними за своим авто. Или вызовите такси, а машину потом заберут.

— Наверно, так будет лучше, — сказал мужчина. — Я только заберу свою сумку.

Он пошел за сумкой. Ашот улыбнулся. Этот гость еще не знает всех особенностей южан. На севере все немного по-другому. А здесь Андалусия, и под влиянием жаркого солнца люди всегда чувствуют себя более расслабленно. И относятся к своим обязанностями не так серьезно, как на севере.

Мужчина принес сумку и положил ее на заднее сиденье. Затем сел рядом с Ашотом на переднее.

— Спасибо вам, — кивнул он, — вы меня очень выручили. Я даже не знаю, что бы я сейчас делал.

— Ничего, — улыбнулся Нерсесян, — мы, возможно, станем соседями, а соседям нужно помогать друг другу.

Он мягко тронулся. Отсюда до его виллы три минуты езды. Нужно будет показать этому типу вид с его башни. Такой чудесный вид на море и на окрестности. Он улыбнулся.

— Остановите машину, — вдруг мягко сказал незнакомец.

— Что? — все еще улыбаясь, спросил Ашот.

— Остановите машину, — попросил незнакомец.

Нерсесян подумал, что этот тип, наверно, оставил в своей машине еще какие-нибудь свои вещи. Он затормозил. Мужчина достал свою сумку с заднего сиденья.

— Что-нибудь забыли? — уточнил Ашот.

— Нет. Все в порядке. — Мужчина вдруг достал какой-то вытянутый предмет из своей сумки. И Ашот вдруг с нарастающим ужасом понял, что это пистолет с надетым на него глушителем.

— Что вам нужно? — спросил он дрогнувшим голосом. — Вы хотите забрать мою машину? Я могу отдать вам ключи...

— Мне пс нужна ваша машина, — вдруг по-русски сказал этот незнакомец, и Ашот почувствовал, как в его груди что-то оторвалось от страха. Эту сцену он видел однажды в своем кошмарном сне. В ту ночь, когда решил сбежать. Он четко видел эту сцену и этого убийцу, сидевшего рядом с ним.

— Нс нужно, — шепотом прошептал он.

— Майор Ашот Нерсесян, — безжалостно произнес убийца, — вы приговорены к смертной казни за предательство.

«Нет, — хотел крикнуть Ашот. — Это несправедливо, нечестно». Он никого не предавал. Только нескольких африканцев, за которых его нельзя убивать. Его ждут дома, на вилле. «Это неправильно, не...»

Раздалось два сухих щелчка, и свет навсегда погрузился во тьму. Ашот откинулся на сиденье. Мужчина осторожно вышел из машины, затем снял автомобиль с тормоза, выруливая его на обочину и стараясь держаться так, чтобы не запачкаться в крови. Остановил автомобиль, взглянул на убитого и повернул обратно к своей машине. Через несколько минут он уже находился в «Рено», разворачиваясь обратно на Малагу.

Испанская полиция так никогда и не узнала, за что был убит Ашот Нерсесян. Все решили, что это ограбление, совершенное заезжим гастролером. Хотя деньги и кредитные карточки остались в кармане убитого. Но, возможно, он возил с собой и другие суммы наличными. Ведь его жена утверждала, что он любил иметь при себе наличные деньги. Они его как-то сразу успокаивали.

Москва. Россия.
20 мая 2006 года

Ровно в десять часов ему оформляли документы на выдачу пропуска в Государственную комиссию. Это большое здание с вывеской: «Научно-исследовательский проектный институт стали и сплавов» — было одним из тех помещений, которые использовала Комиссия для своей деятельности. Оно размещалось у метро «Красные Ворота». И хотя руководство Комиссии формально находилось совсем в другом месте, но именно в этом институте был главный кабинет Ивана Сергеевича Большакова. Это тоже была часть стратегии, которой придерживалась в своей работе Комиссия. Их основное здание было защищено всеми возможными средствами: от космических спутников, реагирующих на любые изменения спутников связи, до обычной охраны, никого не подпускающей к зданию ближе чем на двадцать метров. Однако, несмотря на все меры предосторожности, самым главным секретом Комиссии было элементарное рассредоточение своих объектов не только по Москве, но и по всей стране.

Караев вошел в здание, и его провели к кабине лифта. Внешне этот институт был обычным девятиэтажным кирпичным зданием. Немногие знали, что в этом «институте» основные помещения находятся под землей, на глубине тридцати и сорока метров. Туда и спустился Караев вместе с немногословным мужчиной, который сопровождал его по всему зданию института в качестве своеобразного проводника. При этом мужчина потребовал оставить мобильный телефон в небольшой камере хранения, предназначенной специально для подобных аппаратов.

На втором уровне находился кабинет Большакова. Истинный кабинет, где можно было беседовать, не опасаясь любого прослушивания. Секретарь, пожилая женщина лет шестидесяти, улыбнулась гостю, приглашая его в кабинет. Большаков сидел за столом и что-то писал. Увидев вошедшего, он поднялся, подошел к Караеву, пожал ему руку.

— Я думал, что вы знаете, где я работаю, — признался Большаков, — я ведь приезжал к вам в Швецию, уже будучи генералом. Было логично предположить, что с тех пор меня не понизили в звании, а даже немного повысили. Еще на две звезды.

— Мне и в голову не могло прийти, что вы руководитель Комиссии, — признался Караев. — Мы столько слышали о закрытой работе вашей организации. Даже в ФСБ или СВР ничего не знают о вашей деятельности, и вся работа Комиссии окружена разными мифами. — Он вдруг понял, что именно ему сказал Большаков. Ничего не спрашивая, он сообщил ему, что все его телефоны прослушиваются. Ведь он вчера позвонил Гущину, чтобы узнать, кто такой Большаков.

— Вы слушаете мои телефоны? — уточнил Караев.

— Вы бы поверили, если бы я сказал, что не слушаем?

— Нет, — улыбнулся Тимур.

— Я ответил на ваш вопрос? — Не дожидаясь ответа, Большаков вышел из кабинета. — Идемте за мной, — отрывисто бросил он.

Они вышли из кабинета, снова прошли к кабине лифта. Их сопровождал все тот же неизвестный проводник. Они втроем спустились на третий уровень. Затем прошли по коридору метров тридцать и подошли еще к одной кабине. На этот раз Большаков взглянул на их провожатого. Тот достал из кармана ключ и вставил его в специальное отверстие рядом с кабиной лифта. Двери открылись. Они вошли в кабину и спустились на следующий уровень. Вышли. Здесь было светло, словно они поднялись на поверхность, а не находились под землей на глубине более сорока метров.

Все трое прошли по коридору. Воздух был свежим и чистым, словно они гуляли по подмосковному лесу. Провожатый остался в коридоре, а Большаков и Караев вошли в большую светлую комнату, где их ждали двое специалистов в белых халатах. Мужчина и женщина. Им обоим было лет по пятьдесят. Оба доброжелательно улыбнулись гостям.

— Передаю вам в руки нашего нового пациента, — сказал Большаков, — надеюсь, что мы увидемся с ним через несколько часов. Все остальное вы знаете. До свидания.

Он вышел из комнаты. Мужчина доброжелательно взглянул на нового пациента. У него были внимательные и умные глаза. Модные очки.

— Раздевайтесь, — кивнул он Караеву. — Вы работали офицером ФСБ?

— Да.

— Много лет?

— Всю жизнь. А до этого в Комитете государственной безопасности. Я попал туда почти сразу после окончания юридического. Потом закончил высшие курсы КГБ в Минске. Все это должно быть в моем личном досье. Вы наверняка получили копию моего личного дела из архива ФСБ.

Мужчина улыбнулся. У него была добрая мягкая улыбка.

— Вы считаете, что мы настолько всесильны?

— Не знаю. Мне казалось, что Комиссия — это нечто абсолютно секретное. Почти как космос, куда я никогда не попаду. Но, как обычно говорят в подобных случаях, не нужно зарекаться.

Он разделся до трусов и майки, аккуратно сложив одежду.

— Нет, — сказала женщина. Она не была расположена шутить. — Снимайте с себя все.

Он заколебался. Только на одну секунду.

— Александра Степановна, врач, — пояснил мужчина. — Извините, что я не представился. Иосиф Наумович. Я тоже врач. Психолог. Я полагаю, что вам нужно раздеться и потом пройти вон в ту камеру.

Караев, уже не раздумывая, снял с себя всю одежду и шагнул в камеру. Скорее барокамеру, подумал он. Это была небольшая комната, в центре которой находилось кресло. Он сел в кресло и услышал голос Иосифа Наумовича.

— Вам удобно?

— Да.

— Если неудобно, вы можете сказать.

— Мне удобно.

— Что вы сегодня ели на завтрак?

— Что? — не понял Тимур.

— Как вы завтракали? Пили кофе, ели сандвичи? Что было у вас на завтрак?

— Чашечка кофе без сахара. Тост без масла. Голландский сыр. Больше ничего.

— Откиньте голову и положите руки в углубления, — попросил Иосиф Наумович. — Зафиксируйте руки так, чтобы они вошли в углубления. Почувствуете два укола. Сначала в правую руку, потом в левую. Не нервничайте, расслабьтесь. У вас были какие-нибудь хронические заболевания?

— Доктор, я был тридцать лет офицером госбезопасности, — напомнил Караев, — если бы у меня были какие-нибудь проблемы со здоровьем, меня бы немедленно оттуда выгнали. В советские времена с этим было очень строго.

— Правильно, — согласился Иосиф Наумович, — но вы уже не мальчик. После выхода на пенсию обостряются некоторые болезни. Сейчас мы проверим содержание сахара в вашей крови. Потом вы будете отвечать на наши вопросы. Если вы не можете ответить, лучше сразу скажите. Если не хотите отвечать, тоже скажите. Ничего не нужно опасаться. Это не тест на вашу благонадежность, это скорее тест на вашу профессиональную пригодность.

— Я понимаю, — усмехнулся Тимур. Он невольно вздрогнул, когда правая игла уколола его. Затем левая. Он закрыл глаза. Состояние какой-то неги. Легкое, воздушное, пьянящее.

— Как вас зовут? — услышал он голос женщины. Странно, что вопросы задает она, а не Иосиф Наумович.

— Тимур Караев.

— Расскажите свою биографию, — потребовала женщина.

«Какая глупость, — радостно подумал он, — что можно узнать из моей биографии?» Начать с самого рождения. Пятидесятый год. Жаркое лето. Баку. Он родился в начале августа. Мать говорит, что в тот год было особенно жарко. Хотя любой бакинец знает, что в конце июля и в начале августа в городе всегда бывает особенно жаркая погода.

Он начал подробно рассказывать, сам удивляясь своему многословию. Обычно он укладывался в несколько фраз. Или уколы вызвали у него такую словохотливость? Он был в полном сознании, все понимал и все помнил. Но легкое чувство радости и свободы, овладевшее им, только усиливалось. В какие-то моменты ему казалось, что он просто летает в этом помещении, поднимаясь над землей. Вопросы следовали один за другим. Его спрашивали о детстве, о бывших друзьях, о вредных привычках. Ему захотелось даже их перебить, чтобы они работали более профессионально, ведь эти вопросы не имеют никакого отношения ни к его прежней деятельности, ни к его будущей работе. Но он никого не перебивал, исправно отвечая на все вопросы.

Только когда его начали спрашивать о бывшей профессиональной деятельности, он немного напрягся. Подсознательно он всегда помнил, что любая информация о его прежней работе является тайной, о которой никто и никогда не должен знать. Может, поэтому он несколько занервничал, когда ему начали задавать вопросы о его командировках и прежних коллегах. Здесь он не чувствовал себя так же уверенно и отвечал, преодолевая некое внутреннее сопротивление.

— Не нужно так нервничать, — снова послышался голос Иосифа Наумовича, — вы очень напрягаетесь. Расслабьтесь, мы не узнаем ничего секретного. Все ваши тайны остались далеко в прошлом. Спокойно лежите и рассказывайте только то, что можно рассказывать. И не волнуйтесь. Все ваши служебные тайны останутся здесь.

Караев улыбнулся. Даже в этом случае он не должен отвечать на их вопросы. Есть тайны, которые никогда не перестанут быть тайнами, даже в другой, изменившейся системе координат. И в другое время. Об этом знает любой сотрудник спецслужб.

— Как вы относились к Павлу Слепцову? — услышал он вопрос, заданный Александрой Степановной.

— Хорошо, — ответил Тимур, — очень хорошо. Мы дружили много лет.

— Вы переживаете из-за его утраты?

— Да, очень переживаю.

— Вы считаете его предателем?

— Не знаю. Но мне говорят, что он предатель.

— Вы в это не верите?

Он задумался.

— Скорее я не хочу верить.

— Вы были его связным в Швеции?

— Это провокационный вопрос. И глупый. Конечно, нет.

— Вы могли бы ему помогать, если бы он вас попросил?

— Он бы меня не попросил. Павел хорошо знал, что я не продаюсь и меня невозможно купить. И я не люблю предателей.

— Вы считаете его предателем?

— Меня об этом уже спрашивали. Я не знаю. Есть какие-то признаки, указывающие на его возможное сотрудничество с иностранными разведками. Но мне не предъявляли конкретных доказательств.

— Если бы вы смогли, вы бы отговорили его от предательства?

— Он бы не стал разговаривать со мной на эту тему. Но я бы его постарался отговорить.

— Вы любите деньги?

— Нет. Скорее признаю их как неизбежную данность.

— Вы любите женщин?

— Думаю, что да.

— Вы любите азартные игры?

— Нет.

— Вы считаете Павла Слепцова предателем?

— Вы спрашиваете уже в третий раз, — дернулся Тимур. — Я не знаю, как отвечать на этот вопрос. Так и напишите, что не знаю. Мы были друзьями, и я не знал, чем он занимался в Швеции.

— Вы любите сладкое?

— Это имеет отношение к моей будущей работе? Я не люблю сладкого.

— У него очень сильная воля, — заметил Иосиф Наумович, внимательно слушавший ответы на вопросы, — он умеет концентрироваться, избегать чужого влияния, достаточно независимо мыслить. Почти идеальный кандидат.

Женщина кивнула в знак согласия и подвинула к себе папку со второй группой вопросов. Караев лежал в своей камере, готовясь отвечать на следующий блок вопросов. Он мрачно подумал, что сегодня не успеет увидеться с Элиной. Но ему уже задавали очередной вопрос.

Нью-Йорк. Штат Нью-Йорк. США. 21 мая 2006 года

В тот момент, когда все стало очевидно разрушаться, он сделал свой выбор. Полковник Евгений Ползунов начал работать на американскую разведку с восемьдесят восьмого года. Он был опытным аналитиком и хорошим разведчиком. За плечами были почти два десятилетия работы в военной разведке. Некоторые места в Афганистане он не просто прошагал, он их прополз, каждый метр, каждый сантиметр.

Он родился в пятьдесят пятом году в Воронеже. Отец работал мастером на авиационном заводе, мать санитаркой в местной больнице. Кроме Жени, у нее были еще две младшие дочери, уход за которыми часто возлагался на старшего сына. В шестьдесят втором он пошел в школу. Они жили на окраине города, и отец добирался до работы с пересадками, каждый раз ворчливо ругая все эти автобусы, из-за которых он выходил из дома еще затемно.

Они жили достаточно неплохо — отец зарабатывал хорошие деньги, — но не позволяли себе ненужной роскоши. Женя учился в шестом классе, когда они переехали в новую квартиру. Авиационной завод в Воронеже считался одним из крупнейших предприятий не только города, но и страны. Квартира была большая, светлая, четырехкомнатная. И это были самые лучшие дни в жизни маленького Евгения.

А потом отец неожиданно умер. У него всегда была язва, на которую он не обращал внимания. И когда он лег наконец в больницу, оказалось, что операция уже не могла его спасти. Отцу было только сорок восемь. Горе пришло в их дом. Женя уже учился в седьмом классе. Теперь нужно было думать о семье. Мать не смогла бы вырастить сразу троих детей на свою зарплату санитарки. И Женя пошел после восьмого класса в ПТУ учиться на слесаря.

В первые годы было особенно тяжело. Но он никогда не жаловался. Именно в это время произошло событие, оказавшееся решающим в его жизни. К ним на завод приехала группа чешских деятелей профсоюзов. Им показывали новые станки, установленные в цехах, и ребят, учившихся в ПТУ и проходивших практику на заводе. Одна из приехавших женщин подарила молодому Жене жвачку. Обычную пачку из пяти пластинок, которая казалась для всех ребят немыслимым дефицитом. Он стал обладателем настоящего сокровища. Сестрам он раздал по целой пластинке, а сам, разделив остальные три на мелкие части, пробовал эту жвачку по кусочкам, иногда меняясь с ребятами на «американку». Ему все завидовали.

Их мастер, старый пожилой рабочий, неодобрительно покачал головой, застав Женю с этой жвачкой.

— Гадость, — сказал он убежденно, — ничего в ней хорошего нет.

— Почему гадость? — обиделся Женя. — Мне ее чехи подарили, которые у нас в гостях были.

— Ты похож на корову, которая без толку жует, — заметил мастер. — Кому они нужны? Только зубы портишь.

— Это мои зубы, — огрызнулся Женя, — а иностранцы все пользуются этой жвачкой.

— А ты откуда знаешь? Ты у них в гостях был? — насмешливо спросил мастер.

— Не был. Пока не был. Но, может, и я когда-нибудь к ним поеду.

— Поедешь, — обидно рассмеялся мастер. — Только для этого учиться нужно. Чтобы деньги заработать для туристической поездки. И путевку купить. Как наши иногда ездят. За три дня хотят всю страну увидеть и все скупить.

— А может, я работать туда поеду, — с вызовом сказал Женя.

— Тогда тем более учиться нужно. Станешь дипломатом или разведчиком, тогда и поедешь. А по-другому не получится.

Все ребята, окружавшие их, ехидно захихикали. Ползунов ничего не ответил. Через два года его забрали в армию. В армии он служил в пограничных частях, отличился при задержании двух нарушителей и даже получил медаль. Эта медаль ему очень помогла. Сразу после службы в армии он вернулся и решил поступать на юридический. Но конкурса не прошел, да и не мог пройти, ведь в армии и в ПТУ он основательно подзабыл все предметы.

Он снова вернулся на завод и на следующий год снова подал документы. И опять не прошел по конкурсу. Казалось, что его мечтам не суждено сбыться. Но в комитет комсомола завода пришла разнарядка на одно место в высшее пограничное училище. В комитете решили, что бывший пограничник Ползунов, отмеченный медалью и работавший на заводе слесарем, — идеальная кандидатура. И его отправили в Москву на учебу по особой разнарядке, без экзаменов.

Это было не совсем то, что он хотел. Но он хорошо учился и был примерным комсомольцем. На него обратили внимание. Пограничные войска входили в структуру Комитета государственной безопасности СССР. Но ему предложили работу совсем в другой организации. Не менее засекреченной и ответственной. Его пригласили в Главное разведывательное управление Генштаба. Снова пришлось учиться. Много учиться и работать. Но его мечта была близка к осуществлению. Впервые в жизни он выехал в Иран в восемьдесят первом. Ему было уже двадцать шесть лет. Воюющий Иран со строгими нравами мусульманских ортодоксов, царившими в стране, показался ему невероятно интересным. Потом была поездка в Сирию, которая стала для него потрясением. Это было нечто, напоминающее Западный рай. Или Западный зной, в котором хотелось жить. Как многого он тогда не знал, если даже нищая и тоталитарная Сирия казалась идеальным государством. Потом были и другие поездки, четыре тяжелые командировки в Афганистан и Пакистан.

Он был талантливым человеком, быстро усваивал материал, прекрасно овладел английским и двумя восточными языками — арабским и фарси. За работу в Афганистане он получил два ордена. К тридцати трем годам он был уже подполковником, и казалось, что перспективы, открывающиеся перед ним, поистине бегараничны. Но в начале восемьдесят восьмого года в Герате погиб его близкий друг, с которым они вместе учились и начинали служить, — майор Виктор Огородников. У майора остались жена и маленькая дочь. Ползунов всю ночь просидел за письменным столом, выкурив пачку сигарет. Он вдруг осознал такую простую истину, что их жизни, в сущности, никому не нужны. Вдове Огородникова назначили небольшую пенсию, его похоронили под звуки военного оркестра, и на этом все закончилось. О нем все забыли. И в лучшем случае его будет помнить несчастная девочка, которая вырастет без отца, и его вдова, которая осталась без мужа в двадцать пять лет. Это было несправедливо, считал Ползунов. К тому же именно тогда было принято решение о выводе советских войск из Афганистана. Это поразило Евгения более всего. Значит, девять лет беспрерывных боев, потери тысяч солдат, смерть друзей — все это было напрасно. Если принято подобное решение...

Кроме того, начались проблемы и в семье. Он женился еще в восемьдесят четвертом, когда ему было двадцать девять. Его избранницей стала Виктория Ледогорова, дочь известного врача, члена-корреспондента Академии наук. Они полюбили друг друга сразу, и перспективный офицер-разведчик казался идеальной кандидатурой для такой молодой девушки, как Виктория. Правда, довольно быстро выяснилось, что детей у них быть не может. Несмотря на все консультации различных медицинских светил, друзей отца Виктории, она так и не могла забеременеть. Это сказалось на ее характере, она стала раздражительной, много курила, начала срываться по пустякам. Летом восемьдесят восьмого его вернули в Москву на штабную работу. Закончились командировки, которые приносили ощутимую прибавку к зарплате. Нужно было научиться выживать на зарплату подполковника. Виктория работала в популярном молодежном журнале и вообще получала копейки. Раньше, когда был жив отец, он щедро помогал дочери, но он умер в начале восемьдесят восьмого.

Ползунов часто спрашивал себя: что стало окончательной причиной, побудившей его к предательству. Он был хорошим аналитиком и пытался анализировать даже собственные поступки. Претензии жены? Одна из причин, но не самая главная. Его собственные амбиции? Нет. Вскоре он получил полковника и мог рассчитывать стать генералом. Смерть Огородникова? В какой-то мере. Она потрясла его своей обыденностью и безысходностью. Поражение в Афганистане? Возможно, и это обстоятельство, ведь они так верили в то, чем занимались. А их так бессовестно обманывали. Нарастающая с восемьдесят восьмого года критика существующего режима? Безусловно. Но главным толчком стала его командировка в Закавказье осенью восемьдесят восьмого года.

К этому времени там уже началось настоящее противостояние двух республик из-за Нагорного Карабаха. Центральная власть бездействовала, местные правоохранительные органы переходили на сторону своих земляков, в армии царили развал и воровство, когда военную технику и оружие сбывали обеим враждующим сторонам. Он вернулся потрясенный. Целый комплекс причин вызвал у него мучительные размышления: как жить дальше? И еще брат Виктории, вечный бездельник и ловелас, который всегда просил деньги у сестры. Он вдруг стал миллионером, открыв какой-то кооператив и продавая старые компьютеры. Ползунов тогда подумал, что его мечты о Западном рае оказались несбыточными. Ему пришлось почти половину своей жизни провести в охваченных войной странах Ближнего Востока, в Афганистане, где гибли его друзья и товарищи.

Позже, спустя много лет, он будет оправдывать свое предательство всеми известными причинами, которые он любил приводить в свою пользу. Но предательство оправдать невозможно. Человек не предает не потому, что его не ставят в подобные условия. А потому, что не может быть предателем по

самой структуре своей души и своей совести. У подполковника Евгения Ползунова структура души и
совести оказалась иной. И он стал предателем.

В декабре восемьдесят восьмого он впервые вышел на контакт с американцами. Через три года получил звание полковника. Никто его даже не подозревал. Начался общий развал страны, и каждый
устраивался в этой ситуации по-своему. В восемьдесят девятом советские войска вышли из Афганистана. Еще через несколько лет в Кабул вошли отряды талибов. Они резали, убивали, вешали всех
бывших сторонников советского режима. Москва
взирала на подобный беспредел, сохраняя нейтра-
литет. К тому же у России уже не было границ с
Афганистаном, который превратился в далекую
южную страну, за тысячи километров от новых
российских границ. Зато бывшие азиатские республики почувствовали на себе всю прелесть обре-
тения независимости, когда в их страны хлынули
потоки наркотиков, поставляемые хорошо воору-
женными отрядами контрабандистов. Усилились
проникновения террористических отрядов, в Тад-
жикистане и Узбекистане гремели взрывы.

К этому времени он уже работал на американцев и поэтому принимал происходившие события
как данность или неизбежный рок, преследующий
его страну. В девяносто четвертом его впервые за-
подозрили. Информация, которую получали американцы, была слишком детальной и точной, вы-

зывая подозрение у руководства ГРУ. Начались проверки. Тогда ему удалось выкрутиться. Но в конце девяносто пятого еще два провала осведомителей ГРУ на Ближнем Востоке вынудили руководство военной разведки начать проведение специального расследования. Ползунов понял, что ему осталось совсем немного. Рано или поздно его вычислят. На Новый год он взял себе путевку в Финляндию, выехав туда со своей супругой.

Восьмого января тысяча девятьсот девяносто шестого года они вместе с Викторией сели на паром, отправлявшийся в Стокгольм, где их уже ждали представители американской военной разведки. Через день его переправили в Вашингтон. Виктория только в Америке узнала, что ее муж последние семь лет работал на американцев. Сначала она устроила обычную истерику, заявив, что возвращается домой. Но, узнав о размерах его банковского счета, успокоилась. Она даже не могла представить, каким богатым человеком он стал за все эти годы. И поэтому она осталась.

Через два года им предложили программу защиты свидетелей и отправили на юг, в Даллас, который они для себя выбрали. После шести лет, проведенных в Далласе, они перебрались в Нью-Йорк уже под своими именами. Казалось, что все осталось в прошлом. Виктория уже дважды возвращалась в Москву, навещая мать и брата. Евгений работал консультантом в фирме, занимавшейся инвестициями. Он помогал приехавшим толстосумам из арабских стран правильно размещать свои деньги в Америке. Сказывались его блестящие знания восточных языков. У них был свой домик в Бруклине, три машины. Летом они обычно ездили на юг, во Флориду. Один раз полетели во Францию. Западный рай оказался не таким блистательным, каким его себе представлял Ползунов в детстве, но достаточно сносным.

В прошлом году ему исполнилось пятьдесят. У него появился модный загар, он научился играть в теннис, следил за своей спортивной формой, завел себе молодую любовницу, с которой встречался два раза в неделю и к которой переезжал жить, когда располневшая Виктория в очередной раз отправлялась в Москву. Бывший полковник ГРУ Евгений Ползунов выглядел стопроцентным американцем. Об угрозах со стороны своего ведомства он даже не думал. Все казалось в прошлом. Но это прошлое вдруг так страшно напомнило о себе...

Москва. Россия. 21 мая 2006 года

Вчера он вернулся домой поздно, почти в десять часов вечера. И сразу перезвонил Элине. Но ее мобильный телефон был отключен, а городской не отвечал. Он звонил несколько раз, уже нервни-

чая, но ничего не добился. Он даже перезвонил Наташе, чтобы узнать, где находится ее подруга.

— Мы договорились созвониться, а я не могу ее
найти, — соврал Караев.

— Ты звонил на мобильный? — спросила Наташа.

— Конечно. Но он отключен.

— Значит, она где-то в гостях, — решила Наташа. — Ты знаешь, у нее столько знакомых в Москве,
что она может быть где угодно. Не беспокойся, если
она мне позвонит, я передам ей, что ты звонил.

Он впервые почувствовал какой-то укол ревно-
сти. У Элины много друзей в Москве. Он вспомнил, как она отключила свой мобильный телефон
перед тем, как раздеться. Какие глупости лезут в
голову. Можно подумать, он мальчик, а она молодая возлюбленная, которая изменяет ему. Сколько
им лет? Он забыл, сколько ей лет. Разве можно в
сорок вести себя так же, как и в двадцать. Можно,
вдруг сказал себе сам Тимур. Только так и можно
жить. Если в сорок лет начинаешь считать, что ты
уже старуха, то ты и превращаешься в старуху со
всеми вытекающими последствиями. Уже не сле-
дишь за собой, начинаешь обретать бесформенные
черты, расплывается лицо и в глазах исчезает вкус
к жизни. Остальные тридцать или сорок лет ты
просто доживаешь свой век. А она явно не относит-
ся к женщинам, которые в сорок лет считают себя
старухами. И на этом основании я собираюсь ее
ревновать? Какая глупость. Он прошел в ванную,

раздеваясь на ходу. Взглянул на свои руки. Странно, что у него остались синяки, как будто ему сдавливали руки. Он этого не почувствовал. Тимур обернулся, чтобы взглянуть на себя в зеркало, и невольно охнул. На теле тоже остались следы аппарата. Но ведь он абсолютно не чувствовал никакой боли, никакого нажима. Откуда такие синяки. И вообще, что он чувствовал? В какие-то мгновения были провалы в памяти. Или он засыпал и отвечал на вопросы уже под гипнозом. Или время шло так быстро, а затем вдруг замедлялось. Сколько он там пробыл? Около двенадцати часов. Без еды. Двенадцать часов или чуть меньше того. Они его допрашивали с применением последних достижений науки.

Он устало прошел на кухню прямо в трусах и в майке. Открыл холодильник и достал колбасу, сыр, масло. Нарезал уже немного засохший хлеб. И принялся жевать, только сейчас почувствовав, какой он голодный. Когда он вышел оттуда, первое, о чем он вспомнил, была Элина. Поэтому он ей и звонил. Элина. Может, он что-то говорил и про нее, ведь его мысли были все время заняты этой женщиной. Он все равно не узнает всей правды. Все, что он там делал. Все, что говорил. Как говорил. Каким тоном. С каким настроением. Как оцениваются его ответы. Об этом доложат самому Большакову, и тот будет принимать решение. Или кто-нибудь из его заместителей. А может, есть кто-то другой, более главный.

Он отправился спать, даже забыв про душ, который собирался принять. Перед тем как пройти в спальню, он оглядел квартиру. Нужно найти домработницу, чтобы здесь убраться, подумал он. Вчера он звонил в больницу, где лежала его бывшая домработница, и с удовлетворением узнал, что она уже выписалась. Но пока она еще чувствует себя достаточной слабой, нужно кого-то найти. Он не любил, когда в квартире были беспорядок и грязь.

В эту ночь он не выключил свой мобильный телефон. Но телефон молчал. Ему никто не звонил. На следующее утро он проснулся в половине восьмого. И сразу позвонил Элине. Мобильный был отключен, а городской она снова не взяла. Он разочарованно положил трубку. Сегодня нужно было опять идти на новые процедуры к Иосифу Наумовичу. Интересно, какое заключение они сделают в конце сегодняшнего дня. Или они ему никогда не скажут? Караев отправился бриться, решив, что позавтракает после.

В это воскресенье он пробыл под землей еще восемь часов. На этот раз уколы показались особенно болезненными, а вопросы злыми и жестокими одновременно. Было полное ощущение одиночества и какой-то детской обиды, словно здесь специально собрались люди для того, чтобы свести с ним счеты, намеренно оскорбить или обидеть его, вспомнить самые гадкие сцены из его детской жизни. В какой-то момент ему даже захотелось заплакать и позвать свою маму.

В половине девятого вечера они наконец закончили все процедуры и Караеву разрешили одеваться. Затем Иосиф Наумович пригласил его в комнату, где так вкусно пахло.

— Здесь ваш ужин, — сообщил психолог, — вы должны все это съесть. Это не просто еда, которой вас решили покормить. Вы потеряли слишком много сил, и поэтому вам нужно съесть все, что вам предложат. И выпейте красного вина, вам сейчас это полезно.

— Можно подумать, что вы меня облучали радиацией, — пошутил Караев.

— Мы облучали вашу душу, полковник, — без тени улыбки ответил психолог, — это гораздо опаснее. И страшнее. Причем неизвестно, кому должно быть более страшно. Нам или вам. Поужинайте и поднимайтесь наверх, вам вернут ваш телефон, и вы сможете уехать домой.

— А потом?

— Это вне рамок моей компетенции. Потом вам позвонят и скажут, что нужно делать. Но это не ко мне.

— Я могу узнать, какие результаты вы получили? — спросил Караев. — Все-таки интересно. Мне уже пятьдесят шесть, и я вряд ли стану меняться или развиваться. Своего потолка я уже достиг. Как вы считаете?

— Не уверен, что достигли, — улыбнулся Иосиф

Наумович. — И вообще человек не знает, когда он достигает пика своей формы. В политике или в творчестве. У некоторых это случается и после семидесяти. Аденауэр, например. Или Тициан, живший девяносто с лишним лет. Поэт Сергей Михалков женился, когда ему было далеко за восемьдесят. Сейчас ему девяносто три. Как говорят в таких случаях, не зарекайтесь. Тело у вас здоровое, сильное. Физиологически вам лет сорок, сорок пять. Самый расцвет физической формы. Что касается вашего душевного состояния, мне кажется, что вы еще сами не решили, как вам нужно поступить. И поэтому вас мучают сомнения.

— Да, — согласился Караев, — именно так.

— В таком случае не нужно себя терзать. Задайте себе несколько очевидных вопросов. Чего вы хотите? Чем вы будете платить за свое желание? Если потерей душевного комфорта, то ни одна работа в мире не стоит такого стресса. Одним словом, вам нужно разобраться в ваших чувствах.

— Я понимаю, — согласился Караев.

— И последнее. Кто такая Элина? Несколько раз за эти два дня вы говорили о ней. Мы проверили ваше досье, но не встречали там человека с таким именем. Что это? Навязчивая идея? Героиня какой-то книги? Или идеальный образ, который вы себе представляете?

— Это идеальный образ, — улыбнулся Тимур, — но реально существующий.

— Я так и думал. Вы еще вдобавок можете и влюбляться. Прекрасно. Значит, ваше душевное состояние способно вместить в себя целую гамму чувств. От возвышенной любви до горечи утраты своего товарища. У меня все. Можете поужинать и поехать домой. До свидания.

Ужин оказался вкусным и необыкновенно калорийным. Он выпил два бокала вина и отказался от фруктов, которые ему подали сразу после десерта. На этот раз ему не разрешили садиться за руль, пояснив, что его «Вольво» ему привезут завтра на стоянку. Сегодня его отвезут на другой машине домой. Тимур не возражал. Приехав домой, он снова набрал ее телефоны. Мобильный по-прежнему был отключен, а городской не отвечал. Это уже было похоже на издевательство. Он положил трубку, твердо решив больше не звонить. И перезвонил через десять минут, получив такой же результат.

В эту ночь он снова видел кошмары. Вместо Иосифа Наумовича в кресле сидела Элина, которая внимательно исследовала содержимое его тела, словно копаясь в тайниках его сердца и легких.

— Вы слишком легко верите людям, — строго говорила Элина, и он не знал, как ей отвечать. Среди ночи, проснувшись в третьем часу, он взял трубку и перезвонил. Мобильный был все еще отключен, а городской не отвечал. Он положил трубку телефона и повернулся на другой бок. Разочарование было достаточно сильным. Это была уже не ревность. Он чувствовал гнев и пустоту. В конце концов, она должна понимать, что так нельзя поступать. Завтра будет понедельник, и он постарается найти ее на работе. Интересно, какими словами она попытается оправдаться. Или она не будет защищаться, считая, что все происходившее в порядке вещей. Посмотрим, что будет завтра, подумал он, перед тем как заснуть.

Нью-Йорк. Штат Нью-Йорк. США. 21 мая 2006 года

Виктория снова уехала в Москву. С тех пор как у них появилась эта возможность, она уже в третий раз летает в Москву. Наверно, хорошо, что летает. Рассказывает, что все изменилось. В центре Москвы почти одновременно снесли все гостиницы, о которых помнил Ползунов, — «Москва», «Россия», «Минск» и «Интурист». На их месте возводились другие отели с другой звездной категорией. Повсюду шло строительство. Виктория рассказывала о невероятных ценах в московских бутиках и ресторанах. После щадящих и дешевых цен американской глубинки им даже цены в Нью-Йорке казались предельно высокими, а цены в Москве вообще выглядели астрономическими.

Он взглянул на себя в зеркало. По утрам он брился безопасным лезвием, не признавая элетробритвы. Эта привычка осталась у него после Афганистана, где невозможно было применять электробритву. Он потрогал выбритое лицо и остался доволен. Сегодня воскресенье. Он может заехать к Изабелле, поужинать вместе с ней и остаться на ночь у нее. А утром поехать на работу прямо из ее квартиры. Она живет на Манхэттене, и так будет гораздо удобнее. Нужно будет ее предупредить, что он приедет. Но он позвонит позже, сейчас она наверняка спит. Изабелла была сотрудницей художественного салона, и ее основные презентации и встречи приходились на вечернее время.

В их доме на Оушн-авеню было четыре комнаты. Две спальни наверху, гостиная и небольшой кабинет внизу. Ему сразу понравился этот дом, когда они решили перебраться сюда с юга. В Далласе было скучно, к тому же там было не так много выходцев из бывшего СССР. Другое дело в Бруклине, где по-русски говорили чаще, чем на английском. С одной стороны, это было удобно, но с другой — вызывало у него некую озабоченность. При желании его бывшая организация могла найти нужного человека среди его окружения. Именно поэтому он в первый год старался не посещать разных вечеринок, которые устраивали бывшие соотечественники, а посещая их уже на второй или третий год, старался не есть и не пить в подобных местах. Он ясно сознавал, что прошло уже более десяти лет после его ухода на Запад и, возможно, его просто забыли, ведь за эти годы так много произошло изменений на его бывшей родине.

Он услышал, как кто-то позвонил, и нахмурился. В воскресенье утром его могли бы и не беспокоить. Интересно, кто это может быть? Он прошел к входной двери и открыл. На пороге стоял темнокожий высокий мужчина. Ползунов нахмурился. Неужели рекламный агент, который решил таким образом устроить свои дела? Нет, не похоже. Рекламные агенты в эту часть Бронкса не совались. Здесь жили в основном выходцы из бывшего СССР, а они могли просто спустить с лестницы человека, который решился побеспокоить их в воскресенье. И этот темнокожий совсем не похож на рекламного агента. Он одет в хорошо сшитый костюм, и у него умные глаза.

— Извините, что я вас беспокою, — начал неизвестный, — вы господин Евгений Ползунов?

— Да, это я. — Он привык, что американцы не всегда правильно ставят акцент в его фамилии.

— Я специальный агент ЦРУ Ричард Кинг, вот мои документы. — Он достал из кармана свое удостоверение, показывая его Ползунову. — Вы разрешите мне войти?

— Входите, — нахмурился Ползунов.

«Когда в воскресенье утром к вам приезжает сотрудник ЦРУ, не стоит ждать от этого визита чего-то хорошего», — подумал он.

Кинг вошел в дом, проходя вместе с хозяином в гостиную. Они сели на диван.

— Что происходит? — поинтересовался Ползунов. — Зачем я понадобился ЦРУ? Или вы хотите завербовать меня еще раз, уже для работы против Америки?

— Нам известны ваши заслуги. И как вы на нас работали, — торопливо возразил Кинг, — именно поэтому я к вам и приехал. У меня на сегодня есть еще один визит. И тоже в Бруклин. Мне нужно навестить господина Левченко.

— Этого «писаку», — понял Ползунов. — Он теперь у нас известный журналист. О нем все знают. Бывший сотрудник разведки Станислав Александрович Левченко. Пишет свои статьи в «Новое русское слово». Пытается хоть как-то отмолить свои грехи. Только он у нас уже совсем старый. Он, по-моему, живет у вас лет тридцать. И очень скучает по России.

— Мы все знаем, — кивнул Кинг, — я хочу вас информировать, полковник, что руководство ЦРУ приняло решение о выделении вам специальной охраны из наших сотрудников.

— Зачем? — ухмыльнулся Ползунов. — Вы решили, что я немного разбогател и теперь меня могут похитить, чтобы узнать секреты инвестиций арабских шейхов? По-моему, вы поздно спохватились, мистер Кинг, я живу в вашей стране уже больше десяти лет.

— У нас появилась информация, которую мы проверяем, — терпеливо пояснил Кинг. — Дело в том, что в нашу страну прибыли «ликвидаторы» из

России. Каким-то непонятным образом они получили доступ к абсолютно секретной информации о бывших агентах из Советского Союза и России, работавших на нас и переехавших в нашу страну. Они начали их методичное истребление. Более того, подобная ситуация сложилась и в Европе.

Ползунов не испугался. Он только улыбнулся.

— А как, вы думали, должно быть? Вы победили их в «холодной войне», разгромили страну, лишили ее союзников, разорвали ее по частям, помогли «реформировать» их спецслужбы. Вы думали, что они всегда будут в таком подвешенном состоянии, в каком вы хотели их видеть? Но все изменилось. У них появился новый Президент и новые приоритеты. Изменились цены на нефть и газ, они становятся гораздо богаче, чем раньше. И, соответственно, сильнее. Рано или поздно они должны были вспомнить о том, как вы их разгромили. И попытаться взять реванш. Что они и делают.

Он даже не заметил, что говорил с некоторым злорадством, словно ему нравились просчеты и ошибки американцев и успехи его бывших коллег. Но Кинг обратил внимание на его тон.

— У меня может сложиться впечатление, что вас радуют их успехи, — недовольно сказал сотрудник ЦРУ. — Вы, очевидно, не совсем меня поняли. «Ликвидаторы» начали истреблеть бывших советских агентов. Они уже убрали несколько человек. Мы составили список наиболее ценных сотрудников бывшего КГБ и ГРУ, проживающих в настоящее время в нашей стране. И в этом списке есть ваша фамилия, полковник Ползунов.

— Поэтому они меня и ищут, — разозлился Ползунов. — Не нужно было составлять таких списков. Все ваши секреты ничего не стоят. Вы только сейчас вспомнили, что я один из самых ценных. Интересно, почему вы об этом не вспоминали столько лет. И не нужно включать меня в ваши дурацкие списки. О них сразу узнают журналисты. А потом и все остальные.

— Мы приняли решение предоставить всем специальную охрану, — не замечая колкостей своего собеседника, продолжал Кинг. — Сегодня днем у вас в доме будут работать наши сотрудники из технического отдела. Они оборудуют ваш дом необходимой аппаратурой. И одна машина будет постоянно дежурить в пятидесяти метрах от дома. Достаточно вам крикнуть или подать сигнал, и через минуту, максимум через полторы, они будут здесь.

— И теперь за мной будут следить в туалете и в спальне? — зло переспросил Ползунов.

— В туалете не будем, — ответил Кинг, — а в спальне камеры не будет, только подслушивающее устройство.

— Для этого нужно мое согласие?

— Нет. Мы могли бы действовать и без вашего согласия.

— Это что-то новое. В Америке уже не соблюдают законов? Мой дом — моя личная собственность, мистер Кинг, и, чтобы в него войти, ваши сотрудники должны получить мое согласие.

— В соответствии с новыми законами о противодействии терроризму они не обязаны вас спрашивать, — пояснил Кинг. — Поймите, что происходит, мистер Ползунов. У нас в стране действует пара высококлассных «ликвидаторов», на счету которых уже несколько совершенных преступлений. Мужчина и женщина. Мы дадим вам их фотографии. Это не просто преступники, это профессиональные убийцы, которых мы можем приравнять к террористам. Тем более что они убивают людей, уже получивших американское гражданство.

Ползунов молчал. Он начал понимать, что реальная опасность гораздо выше, чем он себе представлял.

— Где находится ваша жена? — спросил Кинг.

— В Москве. Вы же наверняка знаете, что она уехала.

— А ваша любовница?

— Про нее вам тоже известно? — невесело усмехнулся Ползунов. — Она спит сейчас у себя дома. Надеюсь, что спит, хотя еще с ней не разговаривал.

— Вы поедете сегодня к ней?

— Я собирался это сделать. Но теперь буду получать у вас специальное разрешение. Каждый раз, когда я захочу к ней поехать, я буду ждать санкции

ЦРУ, чтобы переспать с ней. Что-нибудь еще? Или вы установите свои камеры и у нее в спальне?

— Не понимаю, почему вы нервничаете, полковник, — недовольно заметил Кинг, — я приехал сюда, чтобы обеспечить вашу безопасность.

— Неправда. Вы приехали сюда, чтобы продолжить вашу нескончаемую войну. Вам скучно без настоящего противника. И, когда никого нет, вы его просто придумываете. Вы же наверняка знаете, что я бывший специалист по Ближнему Востоку. Я прекрасно помню, как вы вооружали и пестовали отряды талибов в Афганистане, как давали им деньги, как пересылали им оружие, как готовили их боевиков в своих лагерях. Или вы тоже ничего не знаете?

Он взмахнул руками. Воспоминания об Афганистане всегда вызывали в нем гнев. И когда одиннадцатого сентября самолеты, захваченные арабскими террористами, врезались в башни Торгового центра, он сказал Виктории, что это месть за помощь американцев в той афганской войне. Поэтому сейчас его трудно было остановить.

— Это на ваши деньги выросла «Аль-Каида». Это на ваши деньги они покупали оружие и готовили тысячи своих сторонников. Вас тогда радовало, что мусульмане повернули свое оружие против неверных. Вы даже не понимали, что они вас ненавидят еще больше, чем нас. В Советском Союзе были миллионы мусульман и своя мораль. Пусть не всегда отличавшаяся последовательностью, но не сравнимая с тем разгулом страстей, который был у вас. Ваша цивилизация была для них еще более чуждой, чем наша. Но вы не хотели этого видеть. Упрямо не хотели. Это вы помогали Ираку воевать против Ирана и тайно поставляли оружие Ирану для войны с Ираком, считая, что, пока воюют эти два мусульманских государства, вам будет выгоднее вооружать обе стороны, чтобы они истребляли друг друга. Это вы вооружаете Израиль правой рукой и отдаете левой военные технологии арабским странам. Это ваш посол подталкивал Саддама Хусейна к взятию Кувейта. Вы устроили себе одиннадцатое сентября, даже не поняв, что сами выпустили джинна из бутылки. А теперь вы пытаетесь противодействовать приехавшим «ликвидаторам». Вы ведь столько лет были друзьями и союзниками Москвы. Что произошло? Они вам не поверили? Или вы теперь не верите в их искренность? Правильно делаете. Они вам никогда не доверяли. Как и вы им. Вот так и будет все время, пока какой-нибудь психопат-террорист не взорвет атомную бомбу или атомную электростанцию. Тогда вы все соберетесь вместе, выпустите в небо голубей и будете умиляться идиллии. Которая продлится ровно один день. На следующий день вы опять будете всех ненавидеть. Русских за размеры их страны, за их непонятный вам менталитет и культуру, мусульман, которых вы тоже не понимаете, евреев, которых вы понимаете и внешне поддерживаете, не обращая внимания на огромное количество антисемитов в вашей стране, европейцев, которые кажутся вам излишне толерантными, китайцев, которых вы уже сейчас боитесь за их быстрое развитие и поражающую воображение численность. Достаточно? Или перечислять все ваши фобии?

— Я приехал к вам не для дискуссии, полковник, — сдержанно напомнил Кинг, понимавший, что Ползунов отчасти прав. — Я прошу вас быть осторожнее. Не садиться в чужие машины, не заводить новых знакомств, особенно с женщинами. Возможно, что скоро мы отменим подобные предосторожности. Но пока они существуют. Я оставляю вам фотографии, можете их посмотреть.

Он достал из кармана конверт, положив его на стол. Затем поднялся и пошел к выходу. Ползунов остался сидеть на месте. Когда Кинг был уже перед дверью, полковник позвал его:

— Мистер Кинг.

Сотрудник ЦРУ обернулся.

— Вы считаете, что сможете таким образом нас защитить? Вы же понимаете, что против «ликвидаторов» вы ничего не сможете сделать. Чтобы нас спасти, вы должны собрать всех бывших агентов и спрятать их на какой-нибудь военной базе под охраной вашей армии. Но вместо этого вы устанавливаете «жучки» и ваши камеры. Вас мало интересуют наши судьбы, вам нужны эти «ликвидаторы».

Если ваша машина приедет сюда даже за полминуты, то и тогда это никого не спасет. Чтобы убить человека, достаточно несколько секунд. Вам не нужны наши жизни. Вам нужны новые козыри в борьбе против Москвы. Вам нужны доказательства их активной деятельности, чтобы сорвать саммит в Санкт-Петербурге. Я ведь все сразу понял. Кому нужны эти разговоры о нашей безопасности, если вы оставляете нас в качестве живой приманки для хищников?

Кинг ничего не ответил. Он вышел, несколько раздраженно захлопнув за собой дверь. Ползунов усмехнулся. Нужно позвонить Изабелле и сказать, что сегодня он к ней приедет. И пусть она его ждет. Заодно достать свой револьвер, который он купил несколько лет назад в Техасе. Кажется, оружие ему сейчас пригодится.

Москва. Россия.
21 мая 2006 года

Они собрались впятером. Они почти никогда не собирались в таком составе, чтобы не вызывать ненужных вопросов и подозрений. Но любое решение, которое они принимали, обязательно согласовывалось с каждым из них. Их было только пять человек. Руководители закрытой патриотической организации «Щит и меч», каждый из которых был сам по себе специалистом с очень интересной биографией. Заседание привычно открыл Большаков. Он был руководителем организации и поэтому лично проводил такие импровизированные совещания. Все пятеро были очень занятыми людьми и поэтому собрались вечером в воскресенье в небольшой квартире обычного типового дома где-то в центре Москвы.

Большаков оглядел собравшихся. Все четверо смотрели на него, ожидая, когда он заговорит. Эти четверо занимали исключительное положение в системе государственных органов страны.

— Мы собрались, чтобы еще раз уточнить нашу стратегию. Все наши люди, посланные за рубеж, действуют с максимальной отдачей. Особенно хорошо действуют Фармацевт в Европе и Роберт со своей напарницей в Соединенных Штатах.

— Их уже вычислили, — напомнил ему один из присутствующих, — в ЦРУ знают, что в их страну прибыли «ликвидаторы».

— Этого следовало ожидать, — кивнул Большаков, — мы понимали, что рано или поздно такое может случиться. И поэтому предприняли некоторые меры против негативного развития ситуации. Мы полагаем, что можно отозвать наших агентов из Америки, заменив их другой парой, о которой они еще не знают.

— У Роберта было конкретное задание по пяти агентам, — напомнил все тот же говоривший. — Насколько я могу судить, он не вернется обратно, пока не выполнит задание. Ваши специалисты его проверяли, Иван Сергеевич, и пришли к выводу, что мотивация его поступков чрезвычайно велика. Ведь он сам пострадал от одного из таких агентов-оборотней и поэтому выполняет данное задание, чуть ли не считая его личным долгом.

— Да, — кивнул Большаков, — именно поэтому его и выбрали. Я хочу вас информировать, что сегодня закончилась проверка полковника Караева. Наши специалисты считают его абсолютно готовым к работе в нашей организации. Он имеет сильную волю, прекрасный аналитик, большой специалист в области контрразведывательной деятельности. Психологи говорят, что он должен сражаться за свои убеждения и взгляды, в таком случае его самоуважение непрерывно возрастает и он готов отстаивать подобную позицию на любом уровне.

— Иначе говоря, сражаться и умереть за правое дело, — улыбнулся кто-то из присутствующих.

— Да, — сказал Большаков, — именно поэтому мы его хотим привлечь. Он может вести активную работу и разрабатывать нужные рекомендации нашим сотрудникам. Кроме всего прочего, он сможет помочь нашим специалистам противостоять любым попыткам возможного проникновения чужих в нашу организацию, что представляется мне чрезвычайно важным.

— Вы ему так доверяете?

— Он сумел нас вычислить и выжил, почти не

имея шансов. Я думаю, что человек, обладающий таким талантом и такой удачей, может нам пригодиться. К тому же имеются отзывы наших врачей. Он готов к работе на все сто процентов.

— Тогда решайте сами. Но проверки по Швеции еще не закончились?

— Нет. Слепцова мы убрали, но, кто ему помогал, все еще под вопросом. Мы не остановимся на этом, продолжая проверку. Нужно было более подробно допросить Слепцова, но он не дал нам такой возможности. Когда его увозили, он умудрился в машине напасть на наших людей. Пришлось применить силу, иначе они бы его не остановили. Поэтому мы и не знаем ничего про его связного. Но мы обязательно все узнаем.

— Это в наших интересах. Вы же помните, что мы объявили приоритетным именно это направление.

— Я все помню, — кивнул Большаков, — и именно поэтому я предлагаю кандидатуру Караева. Он лучший специалист из тех, кого мы можем выбрать. К тому же именно он специализировался на Швеции, проведя там восемь месяцев в командировке. Я думаю, что он поможет нам и в этом вопросе.

— Караев, — недовольно сказал один из присутствующих, — Тимур Караев. Такое странное имя и фамилия. Кто он по национальности? Где его выкопали?

— Он азербайджанец из Баку, — пояснил Большаков, — у них часто встречается подобная фамилия, но они говорят ее с южным акцентом — Гараев, что означает в переводе Чернов или Черный.

— А почему у него отчество Аркадьевич?

— Его бабушка была еврейкой. Она назвала сына таким именем, а тот передал в качестве отчества своему сыну.

— У него еще и бабушка еврейка, — недовольно продолжил все тот же человек, — какая-то непонятная смесь. Значит, по отцу он еврей?

— Нет. Его отец считается только по иудейским законам евреем. У всех остальных народов национальность переходит по отцу. Но Караев в любом случае не может быть евреем. Хотя я не совсем понимаю постановку вопроса. Разве у нас организация борцов за расовую чистоту? У него бывшая супруга русская. Сам он всю жизнь работал в Москве.

— Вы прекрасно понимаете, что нас беспокоит не чистота его крови. Но у южных народов свои представления о верности собственным народам или своим кланам. В какой-то момент они дают сбой, вы это знаете.

— Он полковник ФСБ, — напомнил Большаков. — Какой сбой в его клановой системе может произойти? Мы же имеем в качестве руководителя нашей организации уважаемого Давида Александровича Кучуашвили. Я все-таки не понимаю причин вашего беспокойства?

— Тогда я снимаю свои соображения. Пусть будет ваш Чернов, или Караев, как хотите. Но насчет Роберта нам нужно подумать. В конце концов, мы должны понимать, что такая блестящая операция, которую они провели, должна закончиться их возвращением на родину. Никаких других вариантов быть не может. Это не тот случай, когда мы можем победить по очкам.

— Мы готовим Модлинга и его секретаря для отправки в Америку, — ответил Большаков, — хотя предвидим некоторые трудности. Одно дело, когда канадский бизнесмен действует на Ближнем Востоке, где его очень сложно проверить, и совсем другое, когда он в США. Их страны находятся рядом, и при желании в Канаду можно позвонить по обычному телефону.

— Сейчас в любую точку земного шара можно позвонить по обычному телефону, — возразили Большакову. — Давайте остановимся на Модлинге. И продумаем меры по защите наших информаторов, когда их попытаются рассекретить.

— Мы уже принимаем меры, — улыбнулся Иван Сергеевич, — мы как раз разработали операцию прикрытия в Европе. Фармацевт уже получил конкретные указания.

Нью-Йорк. Штат Нью-Йорк. США. 21 мая 2006 года

Ползунов перезвонил своей подружке и назначил ей свидание в итальянском ресторане на Шестьдесят первой улице, где они обычно встречались. Он забрал свою «Тойоту» и поехал на Манхэттен.

Его не удивило, что почти сразу за его машиной появился черный джип, который следовал за ним на некотором расстоянии. Кинг был прав, охрану ему действительно назначили. Он въезжал в тоннель, когда позвонил Кинг.

— Наши люди сейчас у вашего дома, — сообщил он, — вы разрешите им войти?

— Валяйте, — усмехнулся Ползунов, — только чтобы они ничего не поломали. И пусть снимут обувь, я не собираюсь нанимать женщину за сорок долларов, чтобы почистить их грязь. Ключи вам понадобятся или у вас есть специалисты для того, чтобы открыть мою дверь?

— У нас есть специалисты. — Кинг не хотел беседовать с ним в подобном ерническом тоне.

— Тогда входите и работайте. Между прочим, мой телефон вы тоже прослушиваете?

— Вас это интересует?

— Нет. Мне все равно. Но хочу вас предупредить, мистер Кинг, что я вооружен. И в отличие от других агентов КГБ, многие из которых ни разу в жизни не держали в руках оружие, я бывший полковник военной разведки и провел несколько лет на войне. Поэтому я просто пристрелю вашего «ликвидатора», если он окажется в пределах моей видимости. С фотографиями я внимательно ознакомился. И учтите, что мне его не нужно брать живым. Поэтому вам придется меня потом «отмазывать» в американском суде. Фотографии я забрал с собой и спрячу в надежном месте, чтобы потом доказать и вашу причастность к этому преступлению.

— Вы с ума сошли, — разозлился Кинг, — при чем тут фотографии?

— Может, у меня мания преследования, — заметил Ползунов, — но я в любом случае его пристрелю, можете не сомневаться. Причем я не буду церемониться ни с мужчиной, ни с женщиной.

— Вы тяжелый человек, полковник. С вами так трудно разговаривать, — пожаловался Кинг.

— А я не приходил к вам домой и не угрожал вам убийством со стороны других людей, — напомнил Ползунов, — это вы нарушили мой покой в воскресный день, заявив, что меня собираются убить. И я очень испугался, мистер Кинг, так испугался, что собираюсь защищаться из последних сил. И вы мне не должны мешать. — Он бросил аппарат на сиденье рядом с собой.

И прибавил скорости. Через час он уже встречался со своей знакомой. Изабелла была из семьи выходцев из Венесуэлы. Они приехали в Америку в конце шестидесятых. Она родилась в Нью-Йорке уже в семидесятом году. И хотя прекрасно говорила по-английски, считая его своим родным языком, как и испанский, ее родители до сих пор говорили на языке новой родины с большим трудом, коверкая слова. В последние годы в Нью-Йорке кроме английского языка начали повсюду говорить по-русски и по-испански, тогда как на западном побережье кроме английского были в ходу еще китайский и японский, а на юге испанский считался уже вторым почти официальным языком.

Они встретились в пятом часу дня, когда обычных посетителей в ресторане почти не бывает. Пока они обедали, Изабелла несколько раз взглянула в другой конец зала, где устроилась пара мужчин, все время незаметно следивших за ними.

— По-моему, эти люди за нами следят, — сказала Изабелла, — они все время смотрят в нашу сторону.

— Не обращай внимания, — посоветовал Ползунов. Он узнал в этих двоих тех самых мужчин, которые находились в джипе, преследующем его от самого дома. Очевидно, эти двое были сотрудниками ЦРУ, приставленными для его охраны.

— Наверно, они из полиции, — хмыкнула Изабелла. — Узнали, что ты русский, и теперь решили за тобой следить.

— Какой я русский? — горько спросил Ползунов. — Я уже давно американец. Я столько лет провел на юге, что перенял даже некоторые техасские привычки. А ты говоришь, что я русский.

— Так все говорят, — возразила Изабелла. У нее были пышные формы, которые так нравились Ползунову. В юности у него было совсем не много женщин. И девственность он потерял в двадцать лет, уже после армии. Ему было стыдно признаваться ребятам на погранзаставе, но, когда он служил на границе, у него еще не было в жизни женщин. Ребята хвастались своими подвигами, а он ничего не говорил. В двадцать лет он нашел свою знакомую соседку, которая давно строила ему глазки. Она была на несколько лет старше его и бесстыдно разделась, подгоняя своего партнера. В первый раз ему ужасно не понравилось. Все было не так романтично и не так красиво. Он решил больше не встречаться с женщинами. Но природа взяла свое. Уже когда он учился в училище, он встретился с женой одного из командиров, которая многому его научила. Потом были другие женщины. Но мечту о пышных и толстогрудых женщинах он сохранил на всю жизнь. Виктория была худой и подвижной девушкой, когда они поженились. Но постепенно она обрела крупные формы и сильно поправилась. Даже несколько больше, чем было необходимо. Изабелла была не растолстевшим бегемотом, как Виктория. Она отличалась красивыми и пышными чертами, какие бывали у женщин на портретах Тициана или Рубенса.

Изабелле нравилось внимание этого загадочного русского мужчины, который так часто уходил от своей жены к ней. Она даже мечтала о том дне, когда сможет родить мальчика, похожего на ее братьев, с такими же черными, кучерявыми волосами и правильными чертами лица, но со светло-голубыми глазами, какие были у ее нового друга. Изабелла решила, что сегодня он специально пригласил ее на обед, чтобы провести вечер с ней.

Так все и получилось. После обеда они выпили кофе в небольшом кафе у Рокфеллер-центра, а затем поехали к ней. При этом Ползунов вел себя странно. Почему-то потушил в спальне свет и приказал задернуть занавески. На семнадцатом этаже как будто их могли увидеть. Но она не стала возражать против новых причуд своего друга. В конце концов, ему уже за пятьдесят, а в таком возрасте у мужчин могут быть различные фантазии для поднятия своего либидо.

В этот вечер она делала все, чтобы удовлетворить своего друга. Но он казался каким-то зажатым и скованным. Она отдавалась любви, как всегда, страстно и с глуховатыми стонами, которые она никогда не сдерживала. Но в этот вечер он почему-то все время закрывал ей рот, словно боялся, что их могут услышать. Он остался на ночь у нее, и она не возражала. Но все ее попытки уговорить его решиться на второй или третий «подвиг» оказались тщетными. Он повернулся и заснул. На часах было около десяти. Изабелла взглянула на своего друга и нахмурилась. Она помнила, что он был «жаворонком» и привык рано ложиться спать и рано вставать. Но в десять вечера... Для Нью-Йорка это только начало жизни. К тому же сегодня он был ленив и малоподвижен. Она взглянула на него. Нет, этот «мачо» ей не совсем подходит. Конечно, он интересный мужчина и неплохо зарабатывает. Но нельзя быть таким предсказуемым и таким приземленным. Он мог бы иногда проявлять какую-то фантазию или инциативу. Как ни жаль, но с ним придется расстаться. Понятно, что новую семью он создавать не захочет. А ей нужна была новая семья, муж, который сможет сделать ей несколько детей и обеспечить безбедное существование.

Она отодвинулась от него и, включив настольную лампу, достала журнал. Завтра будет встреча с приехавшими из Австрии модными дизайнерами, и она хотела ознакомиться с их новинками. Изабелла покосилась на мирно сопевшего Ползунова. Нет, он ей точно не подходит.

Она даже не могла предположить, что сейчас за ее квартирой наблюдали сразу четыре пары глаз. Две пары из дома напротив, где был оборудован пост сотрудников ЦРУ, которые следили за ее квартирой и слушали все звуки, исходившие из спальни. Они уже успели поставить необходимую технику и в ее квартире, не сказав об этом ни Ползунову, ни самой хозяйке квартиры. А на улице, в подъехавшей на другую сторону машине, тоже сидели двое. Роберт и Нина — под этими кличками их знали в Москве.

— Его охраняют, — сказал Роберт, — на этот раз достаточно тщательно. Я видел, как они сегодня приезжали к нему домой, чтобы оборудовать его квартиру. Они точно знают о наших передвижениях и уже ждут нас.

— По-моему, мы здесь уже задержались, — заметила женщина. — Вспомни. Четыре случая подряд. Наши фотографии наверняка есть у каждого из этих агентов. Нужно вернуться через Канаду домой.

— Он пятый и последний, — возразил Роберт. — У нас был список из пяти фамилий. Я всегда выполнял свои задания в полном объеме.

— Это не тот случай, — возразила более разумная женщина. — Иногда ты ведешь себя, как нетерпеливый ребенок. Хотя в Лас-Вегасе твой план с этой девицей был неплохим. Но он уже был. Они готовы теперь к любым неожиданностям. Нам просто повезло, что нас там не взяли. Оставаться больше не имеет смысла. Ты сам говорил, что самое главное в нашей работе — вовремя уйти с места происшествия. Сейчас нам нужно вовремя исчезнуть из этой страны.

— Он последний, — упрямо повторил Роберт. — Нужно придумать, как на него выйти. И тогда мы отсюда уедем.

— Мне иногда кажется, что ты вкладываешь в эту работу слишком много личного, — заметила женщина.

— Да, — повернулся к ней Роберт, — да. Слишком много личного. Из-за таких, как Ползунов или Уранов, я просидел восемь лет в тюрьме одного азиатского государства. Восемь лет в тюрьме, пока меня не обменяли. Всех моих информаторов к тому времени просто убили. А меня через восемь лет отпустили домой. И тут же уволили из органов как агента, не подлежащего восстановлению и потерявшего доверие. Я их понимал. Восемь лет в тюрьме другого государства. Удивляюсь, как я не сошел с ума. И поэтому, когда мне предложили такую миссию, я не отказался. Я и посчитал ее миссией. За всех преданных товарищей. За убитых друзей. За их исковерканные судьбы. Каждый из этих предателей был не просто олицетворением зла. Они для меня хуже любого преступника, любого мерзавца, ведь они точно понимали, что, сдавая своих коллег, приговаривают их к страшным пыткам, к мучительной смерти. Обрекают их семьи на тревожное многолетнее ожидание, на сиротство их детей, на слезы их вдов. Я бы так просто их не убивал. Я бы придумал для них пытку перед смертью, чтобы они почувствовали, как это страшно и больно.

— Ты мне ничего не рассказывал.

— Зачем? Ты бы решила, что я психопат. Мне нравится убивать. Но я абсолютно здоровый человек. И мне действительно нравится быть палачом этих предателей. Может, поэтому для меня так важна наша командировка.

— Ты хочешь снова рискнуть?

— Да.

— Но каким образом? Они его будут охранять

круглосуточно, и ты уже не сможешь застать его одного.

— Значит, нужен новый план, — задумчиво произнес Роберт. — И мы должны с тобой все тщательно продумать.

Москва. Россия.
22 мая 2006 года

Он не знал, приняли его или нет. Поэтому в понедельник утром он поехал к себе на работу в «ЛУКойл». При этом он все время звонил Элине и все время натыкался на ее отключенный телефон. В три часа дня он выяснил номер телефона ее новой фирмы и дозвонился туда, попросив позвать к телефону Элину. Он был убежден, что она просто играет с ним. Три дня ее мобильный был отключен. И городской не отвечал. Ничего другого он просто не мог придумать.

— Элины Георгиевны нет, — ответил ему приятный женский голос, — и ее сегодня не будет.

— А где она будет? — не сдержался Караев. — Я звоню ей на городской, и она не отвечает, звоню на мобильный, и он отключен. Как мне ее вообще найти? Куда обратиться?

— Не нужно ее искать, — пояснила женщина, — она не в Москве. Поэтому не отвечает ее городской номер. Она уехала из города и, наверно, так торопилась, что просто оставила свой мобильный телефон дома. Поэтому он тоже не работает, ведь она вылетела на самолете в субботу днем.

— Простите, куда она вылетела? — не понял ошеломленный Караев. — Почему ее нет в Москве?

— А вы разве ничего не знаете? Ее сын попал в аварию. Возвращался с ребятами в микроавтобусе, и тот перевернулся. Сын сломал себе ногу и попал в больницу. Слава богу, что все так обошлось. Она очень переживала...

— И уехала в Санкт-Петербург, — понял Тимур. — Тогда ясно, почему она мне не отвечала.

— Простите, кто это говорит? — спросила женщина.

— Это Караев, ее знакомый.

— Понятно. Она сейчас в Санкт-Петербурге. У нее есть другой мобильный. Если хотите, я вам продиктую.

— Да, — сказал он сдержанно, — очень хочу.

Она продиктовала ему номер телефона. Он, еще не положив трубку городского, уже набирал по своему мобильному ее номер. И сразу услышал ее глухой, несколько печальный голос.

— Алло? Кто это говорит?

— Это я, Тимур, — торопливо сказал он, — извини, что я не звонил. Вернее, я звонил, но оба твоих телефона не отвечали. И только сегодня я узнал, что произошло. Как твой мальчик?

— Спасибо, уже все нормально. Нам просто повезло. Он чудом остался жив, отделавшись переломом. А его друг пострадал сильнее, получил сотрясение мозга.

— Где ты сейчас?

— В больнице, — сообщила она. — Врачи говорят, что уже к концу недели его можно будет забрать домой. Нога сломана, но он почти не пострадал. Я так перепугалась, что оставила свой телефон дома, на столике. И вспомнила о нем, только когда была уже в Санкт-Петербурге. Но я звонила тебе несколько раз. И в субботу, и в воскресенье, хотела объяснить ситуацию. Но твой городской не отвечал, а мобильный был отключен.

— Верно. Но у меня все было в порядке. Я был просто очень занят.

— А я решила, что ты на меня обиделся и нарочно отключил мобильный телефон.

Он улыбнулся. Они одинаково сходили с ума и звонили друг другу. И одинаково верили, что обидели другого своим невниманием или молчанием. Как они похожи друг на друга. Видимо, она тоже подумала об этом.

— Тимур, — вдруг сказала она, — ты видишь, как все получилось? Вот этого я всегда боюсь. Все может измениться в один момент, в одно мгновение.

— Я тебя люблю, — вдруг прошептал он ей в трубку, — я звонил тебе, чтобы сказать. Я тебя люблю. — Как легко говорить эти слова, когда действительно любишь.

— Я тоже тебя люблю, — сказала она. — Ты знаешь, на кого мы сейчас похожи? На школьников, которые признаются друг другу в любви по телефону. Я надеюсь, что все будет в порядке и уже на следующей неделе я буду в Москве. Надеюсь, вы меня дождетесь, полковник Караев?

— Придется, — вздохнул он, — но я буду тебе звонить. Каждый день.

— Звони, — согласилась она, — мне казалось, что ты обиделся за мой субботний отъезд. Но я хотела взять небольшой тайм-аут, немного подумать, как нам быть. И видишь, как я себя наказала, мой тайм-аут слишком затянулся.

— Наш, — поправился он, — это наш тайм-аут. Я буду тебя ждать. Теперь я буду тебя ждать, даже если понадобится еще целый месяц. Или целый год. Я теперь точно знаю, что время можно сжимать и растягивать. Эти два дня время было страшно растянуто. Я так и не мог тебя найти, даже звонил Наташе, но она ничего не знала.

— Верно, — согласилась Элина, — я ей ничего не сказал. У нее и так проблем хватает. Зачем ей еще мои проблемы. Сказала, что все хорошо. Все, как обычно, очень хорошо. Не нужно ее загружать еще и моими проблемами.

Он молчал. Почему он думал о ней так плохо? Почему считал, что она кокетничает, отключив телефон. Или пытается с ним играть. Он забыл, сколько ей лет. В этом возрасте люди уже так глупо себя не ведут. Если они хотят встречаться с человеком, они с ним встречаются. Если не хотят, то честно об этом говорят.

— Алло, — сказала Элина, — ты куда пропал?

— Я думаю, что ты правильно поступила, ничего не сказав Наташе. Хотя это прибавило несколько седых волос в моей и без того уже не идеально черной шевелюре.

— Тебе нужно красить волосы, — посоветовала Элина, — и тогда ты будешь выглядеть гораздо моложе.

— Ни в коем случае, — ужаснулся он, — только этого мне и не хватало. Может, еще сделать подтяжку лица?

— Я об этом не говорила, но подумать можно. Послушай, Тимур, я сейчас бегу, меня зовут врачи. Я хочу, чтобы ты знал: что бы с нами ни случилось, какие бы события ни происходили, ты мне очень нравишься. Ты меня слышишь. Полковник Караев, я, кажется, вас люблю. Пока.

Он убрал телефон, счастливо улыбаясь. Вечером он вернулся домой в половине седьмого. И в этот момент позвонил его городской телефон. Позвонивший представился дежурным сотрудником отдела милиции в Люберцах. И сообщил, что к ним поступил труп неизвестного мужчины, умершего, очевидно, от сердечного приступа. Труп несколько дней пролежал в воде и только затем всплыл и был доставлен в морг. В кармане умершего была обнаружена записка с указанием номера телефона Тимура Караева.

— Несколько дней в воде? — недоверчиво переспросил Караев. — Значит, тело изменилось до неузнаваемости, а записка не намокла?

— Записка лежала в футляре из-под очков, — пояснил дежурный. — Вы можете срочно приехать?

— Конечно. Сейчас приеду. Вскрытие уже было?

— Да. Обычный сердечный приступ. Он, наверно, свалился в это водохранилище. Там такое место гиблое, всегда разные трубы плавают, деревья. Наверно, тело зацепилось за что-нибудь и не могло всплыть.

— Я сейчас приеду. — Он положил трубку. Не нужно никому говорить, что Павел никогда не носил очков и у него не могло быть футляра из-под очков. Ай да Большаков. Он сделал все, как обещал. Наверно, потом они его поменяют. Когда повезут отпевать в церковь. Наверняка Наталья захочет его отпевать, ведь он не самоубийца, а умер от сердечного приступа. И там его тело поменяют на настоящего Слепцова. И похоронят под плач его вдовы. Все правильно. Павел Слепцов умер в результате инфаркта, и его тело несколько дней пролежало в воде. Поэтому его невозможно узнать и еще более невозможно выставить на всеобщее обозрение. Но внешние приличия будут соблюдены. Наверно, это и есть ответ Большакова. Нужно будет завтра ему позвонить.

Тимур вспомнил про Наталью. Он позвонит ей, когда вернется из милиции. Или прямо оттуда. Ей будет легче узнать, что ее муж умер от обычного сердечного приступа. Он не был предателем. Его не похитили и не убили, что могло произойти. Его не мучили перед смертью, и все выглядит вполне буднично. Он куда-то поехал и по дороге оступился и упал. Обычный сердечный приступ у человека, когда ему за пятьдесят. Можно закрыть это дело, никто не виноват. Караев тяжело вздохнул.

— Ах, Павел, Павел, как же ты мог стать предателем? Как же ты мог? — вслух спросил он себя. Но, не получив ответа на этот вопрос, пошел к выходу.

Нью-Йорк. Штат Нью-Йорк. США. 22 мая 2006 года

Утром Евгений Ползунов выехал раньше обычного. Он тщательно побрился, надел новую сорочку и, попрощавшись с Изабеллой, вышел из дома. Внизу, у своей машины, он увидел другую пару агентов, приставленных к нему. Он подмигнул им. И сел в машину, чтобы отправиться на работу. Сегодня у них ожидался приезд двух бизнесменов из Кувейта. После освобождения Кувейта американскими войсками почти все бизнесмены из этой страны считали своим патриотическими долгом вкладывать свои деньги в американскую экономику. Никто не хотел вспоминать, что их некоторые вложения в арабские банки и в банки Кувейта оказались замороженными в ходе оккупации Ирака.

Ползунов приехал в компанию без пятнадцати девять. Он поднялся в офис на восьмом этаже, привычно здороваясь с коллегами и проходя в свой кабинет. Там уже были подготовлены материалы к новой встрече. Некоторые были на арабском. Он начал быстро их просматривать, отмечая наиболее важные места.

Раздался звонок телефона. Он недовольно взглянул на аппарат. Почему его отвлекают в такое время? Они же прекрасно знают, что он сейчас занят. Или опять какие-нибудь непрошеные гости и кто-то из переводчиков заболел или перепутал документы?

— Что случилось? — спросил он, поднимая трубку внутреннего телефона.

— Доброе утро, мистер Ползунов, — пропела девушка. Она работала в их офисе только пятый месяц, но злые слухи утверждали, что она уже успела стать любовницей не только шефа компании, но и его заместителя, их штатного «казановы» Мориса Лякомба. Лякомб был французом по отцу и шведом по матери, выделяясь своим высоким ростом и зелеными глазами.

— Я вас слушаю, Грета, — вздохнул Ползунов, — надеюсь, что наши кувейтские гости не перенесли время встречи?

Это было в традициях гостей с Арабского Востока. Необязательность и частые переносы времени встреч были почти обыденным явлением. Ведь, в конце концов, шейхи вкладывали свои деньги? Значит, сотрудники инвестиционной компании могли и подождать. Все равно заказывает музыку тот, кто платит деньги. Это бизнесмены с Востока уже давно усвоили.

— К нам звонили из офиса Омара аль-Сауда, — сообщила Грета, — он хочет встретиться с нашим мистером Лякомбом и предлагает приехать в отель «Уолдорф». Мистер Лякомб просил, чтобы я вас предупредила. Вы поедете на обед вместе с ним?

— А он один не может обедать, без меня? — поинтересовался Ползунов.

— Простите, мистер Ползунов, но он не знает арабского, — напомнила Грета.

— Зато аль-Сауд наверняка знает английский, — отрезал Ползунов. — Впрочем, как хотите. Скажите, что я поеду с ним на обед к этому шейху. Он, наверно, родственник короля. Почему раньше мы о нем не слышали?

— Не знаю, мистер Ползунов. Но к нам прислали распечатку биографии аль-Сауда. Он троюродный племянник короля...

— Тогда понятно. Они все друг с другом родственники. Хорошо. Пусть будет троюродный племянник. Мы пообедаем с вашим Лякомбом.

— Почему с моим? — немного обиделась Грета.

— С нашим, — поправился Ползунов, — конечно, с нашим.

Он никогда не признается, что его раздражал

этот тип с манерами светского льва, с тихим голосом, с ухмылочками насчет каждой женщины, работавшей в их офисе. Его вообще раздражали мужчины, которые уделяют своей внешности гораздо больше внимания, чем своей работе. У американцев таких мужчин почти невозможно было найти. Среди французов такие иногда попадались. Даже чаще, чем нужно.

Кувейтцы, конечно, опоздали и вместо десяти приехали в двенадцать. В результате ему пришлось помогать в разговоре с президентом компании и все время незаметно смотреть на часы. Без десяти минут час они наконец закончили первую встречу, ни о чем не договорившись. Это было в порядке вещей. Американец приезжал в компанию, уже точно зная — где, когда и сколько он хочет вложить. Его либо устраивали предложения, либо он их сразу дополнял и уточнял. Если требовалась еще одна встреча, то она бывала последней. Затем подписывали договор. Если приезжал японец, то он осторожно все узнавал и обещал подумать. Потом выяснялось, что попутно он навел справки во всех соседних компаниях, выбирая самую надежную и лучшую. При этом конкурс проводился заочный. Никто не знал условий конкурирующей фирмы, никто, кроме самого японского бизнесмена, который иногда определял, руководствуясь не обычной логикой западного бизнесмена — вложить деньги туда, где можно получить больший доход, — а логикой восточного человека, иногда размышляющего о том, как не нанести вреда экологии или вложить свои деньги на максимально долгий срок.

Если появлялся араб, то начинались долгие и нудные переговоры. Арабские бизнесмены любили, чтобы их ублажали, уговаривали, завлекали, зазывали, просили. Одним словом, они любили базарный азиатский торг, долгий, нудный, мучительно изнуряющий. Но без такого торга и без пяти-шести визитов арабский бизнесмен не подписывал никакого договора. Об этой специфике их труда знали все сотрудники инвестиционной компании.

Ползунов спустился в подземный гараж, где обнаружил машину сотрудников ЦРУ с новой парой охранников. Он помахал рукой и этим громилам. Лучше бы ушли из Ирака, неожиданно подумал он. Цены на нефть упадут, бизнесмены охотнее будут вкладывать свои деньги в частные бумаги на Западе. Сейчас все озабочены вложением денег только в нефтяные компании, которые за несколько последних лет увеличили свой доход в десятки раз.

Грета любезно сообщила ему, что Лякомб уже уехал и ему нужно быть в час дня в отеле «Уолдорф». Ползунов неслышно выругался, это было почти нереально.

Он выехал на машине, направляясь на Парк-авеню к знаменитому отелю «Уолдорф Астория», где была назначена встреча. По дороге он задержался в небольшой автомобильной пробке и подъехал к отелю уже десять минут второго. На парковку машины уже не было времени. Нужно срочно искать место... Он увидел, как сразу за ним вырос огромный джип сопровождавших его сотрудников ЦРУ. Какая удача. Он выбежал из своей машины, бросая им ключи.

— Оставьте ее где угодно. Вы должны меня выручить.

— Где вы будете? — крикнул ему один из агентов. — В каком номере?

— Я обедаю с аль-Саудом, — ответил Ползунов уже на бегу, — поставьте автомобиль на стоянку.

«Должна же быть от них какая-нибудь польза», — подумал он, вбегая в гостиницу.

Обычно представители саудовской королевской фамилии не обедали в ресторанах. Они заказывали президентские или королевские апартаменты, куда и доставлялись обеды. Ползунов подскочил к портье — узнать, где остановился Омар аль-Сауд.

— Он снял сюит в башне «Уолдорфа», — пояснил портье. — Если хотите, то вас проводят.

— Да, конечно, — согласился Ползунов. Он поспешил к кабине лифта, где его уже ждал сотрудник отеля. Они поднялись на семнадцатый этаж, его проводили до королевского номера. Предупредительно открыли дверь. В гостиной обедали человек двадцать. Из них пятнадцать были в типичных арабских платках. Ползунов чуть не ахнул от неожиданности. Увидевший его Лякомб сделал знак рукой, улыбаясь и представляя им опоздавшего сотрудника, специалиста по Ближнему Востоку мистера Евгения Ползунова.

Через минуту выяснилось, что абсолютно все арабы говорят по-английски. Ползунов подумал, что сам задушит Лякомба. Обед был изысканный, по-арабски щедрый, со множеством блюд. Это как-то скрасило его нервное ожидание. После обеда Омар аль-Сауд, оказавшийся семидесятилетним стариком, заявил, что только начал рассматривать вопрос о возможности своих инвестиций в США. Лякомб слушал его со вниманием, Ползунов чуть не зевнул. Везде одно и то же.

Настоящий сюрприз его ждал, когда он спустился вниз. Выяснилось, что сотрудники ЦРУ бросили обе машины перед отелем и поднялись наверх, чтобы поскорее оказаться рядом с ним. В результате на оба автомобиля был выписан огромный штраф. Но если сотрудники ЦРУ были на служебной машине и на работе, а их штраф, соответственно, должно было платить их собственное ведомство, то Евгений Ползунов был на собственной машине и, соответственно, должен был оплатить штраф из собственного кармана.

— Сволочи, — погрозил Ползунов сотрудникам ЦРУ.

Те весело улыбнулись, помахав ему в ответ. Он должен был догадаться, что именно они сделают. Здесь даже две квитанции. Черт возьми. Он снова взглянул на улыбающихся американцев. Такая ситуация им казалась забавной. В офис они вернулись к четырем часам дня. Ползунов позвонил Изабелле и сообщил, что сегодня не сможет приехать. Она восприняла эту новость спокойно, даже не спросила, где он будет. Он положил трубку, чувствуя, как в нем растет чувство гнева, раздражения, злости. И на себя, и на всех этих арабских шейхов, и на американцев, и на мистера Лякомба, который успел переспать с Гретой и заставил его совершить ненужную поездку по городу.

«И зачем я сюда переехал, — вдруг подумал Ползунов, — нужно было остаться на юге. Там было спокойнее. И никто бы меня там не нашел. Это все из-за Виктории». Она считала, что в Нью-Йорке им будет веселее.

Он поднял трубку и снова набрал номер Изабеллы.

— Ты сегодня вечером занята? — Он все еще не хотел верить, что ей все равно.

— Нет, — ответила она, окончательно разочаровав Ползунова.

— А почему ты не хочешь со мной встречаться? — поинтересовался он.

— Но это ты позвонил и сообщил, что не можешь сегодня со мной увидеться, — изумилась она. — Ты забыл, что говорил мне несколько минут назад?

— И ты сразу согласилась. — Он хотел с кем-то поссориться, чтобы найти человека, на котором можно было сорваться.

— Ты сказал, что не можешь приехать, и я все поняла, — сообщила Изабелла. — Почему ты стал таким нервным. И вчера был какой-то зажатый.

— Я уже давно зажатый, — закричал он изо всех сил, — просто ты этого не знаешь.

Он бросил трубку. Вскочил со своего места, чтобы отправиться к президенту и сообщить о дурацкой выходке Лякомба, который оторвал его от работы на целых три часа. Все приехавшие арабы знали английский. И с ними были еще два переводчика. Зачем нужно было вызывать Ползунова? Что за глупая блажь? Он вошел в приемную, где сидела Грета. Она напоминала котенка. Пушистого темного котенка с белыми лапками. Она, улыбаясь, взглянула на него.

— Мистер Ползунов, вам что-нибудь нужно?

— Я хочу видеть президента компании.

— У него сейчас мистер Лякомб, — ласково улыбнулась Грета, — он как раз рассказывает о вашей успешной встрече с представителем королевской фамилии. Поздравляю вас.

Ползунов повернулся и пошел к себе в кабинет. В этот вечер он вернулся к себе домой и выпил целых четыре стаканчика виски. Затем умылся и лег спать. Перед тем как заснуть, он громко выругался и погрозил кому-то в потолок.

— Это все из-за вас, — громко сказал он, — из-за ваших чертовых секретов я сижу в этом дерьмовом городе и занимаюсь неизвестно чем. Все из-за вас.

Москва. Россия.
23 мая 2006 года

Опознание было недолгим. Он вернулся домой в девятом часу и сразу поехал к Наталье. Она встретила новость о смерти своего мужа даже спокойнее, чем он ожидал. Очевидно, она готовила себя к чему-то ужасному после наудачного нападения на их квартиру. Но теперь она была убеждена, что это были обычные грабители, узнавшие о том, что хозяин исчез, и решившие поживиться в доме. А естественная смерть Павла ее даже успокоила.

— Самое главное, что он не мучился, — искренне сказал она и ушла в комнату, скрывая слезы.

Тимур вернулся домой поздно ночью. И уже рано утром его разбудил звонок Семена Малярова, подполковника уголовного розыска и его друга.

— Что за комедию ты вчера разыграл? — грозно спросил Маляров вместо доброго утра.

— Что случилось? — не понял Караев.

— Вчера вечером в морге ты опознал труп Павла Слепцова. Но как ты его мог опознать, если тело несколько дней пролежало в воде. Ты знаешь, на что похожи такие утопленники? Только не на себя.

— На пальце правой руки было его обручальное кольцо, — пояснил Тимур, — и в кармане у него нашли мой номер телефона. Это был Павел, я его сразу узнал. Вскрытие показало, что он умер от инфаркта.

— Ты только меня не дури. Твое вскрытие могло показать все, что угодно. Например, он мог превратиться в женщину или в старика. А вместо этого превратился в молодого человека. Мне сказали, что ему было не больше тридцати. А сколько было Павлу? Почти шестьдесят. Почувствуйте разницу.

— Это был он, — устало сказал Тимур. — Я сегодня на работу не поеду. Договорился, чтобы его тело привезли домой. Но уже закрытым. Не хочу, чтобы его жена и ее дочь видели его в таком состоянии. Я вчера звонил его сыну, но он не сможет приехать на похороны, просто не успеет. Бедный Павел.

— И ты хочешь, чтобы я позвонил следователю и сказал, что все закончено? Ты сам в это веришь?

— Я хочу в это верить, Семен. И давай прекратим эту ненужную дискуссию. Если можешь, давай поедем вместе. Ты мне как раз поможешь.

— Обязательно, — сказал Маляров, — а заодно посмотрю на этот труп, помолодевший после смерти сразу на тридцать лет.

Тимур ничего не сказал. Они приехали за телом в три часа дня. Маляров обошел труп, оглядывая несчастного, уже завернутого в саван.

— Раскройте, — неожиданно потребовал подполковник.

— Но за ним уже пришла машина, — попытались ему возразить.

— Откройте, — приказал Маляров. — Пока я не увижу трупа, мы никуда не уедем. Я не собираюсь присутствовать при этом спектакле.

Сотрудник морга, пожилой мужчина с красным лицом, покачал головой и начал раскрывать тело. Присутствующий молодой сотрудник уголовного розыска, приехавший сюда вместе с Маляровым, быстро вышел. Он не мог смотреть на таких покойников. Когда открыли наконец лицо, Маляров подошел ближе, посмотрел. Затем негромко позвал:

— Тимур. Тимур, подойди сюда. Вы можете идти, — отпустил он старика, очевидно, сторожа.

Караев подошел. Это был Павел. Он его узнал. Обезображенное ужасом лицо. И рана на шее. И еще ниже другая рана. Конечно, ни в какой воде это тело не было. Он наклонился. На волосах застыли капельки воды. Нет, это не вода. Труп держали в холодильнике, это оттаявшие льдинки.

— Я могу поспорить с кем угодно, что труп не лежал в воде даже одного часа, — прошептал Семен. — Но это действительно Павел. И он не умер от сердечного приступа. Посмотри, какая рана у него на шее. А на груди, по-моему, была огнестрельная рана, но ее замазали. Нужно провести вскрытие еще раз.

— Не нужно, — перебил его Караев, — мы заберем это тело и похороним его как полагается. Ты ведь сам видишь, что это не спектакль. Это настоящее тело Павла Слепцова. Что и требовалось его близким, родным, друзьям. Дело закрыто, Семен.

— Это им требовалось тело, — возразил упрямый Маляров, — а мне нужно доказать, что его убили. Провести повторное вскрытие. Я не знаю, кого ты вчера опознал, но это был не Павел. А вот этот труп его. И мы заново будем его потрошить, чтобы узнать, от чего он умер. Заново.

— Нет, — крикнул Тимур, — ничего не будем. Его убили. И ты прекрасно знаешь, что его убили. Его убили за предательство. Они выяснили, что ни в каком банке и никогда он не получал ни копейки денег. Все его машины и квартиры были на те деньги, которые он получал за предательство. Понимаешь? За предательство. И я тоже ничего не знал. Они все точно выяснили. И приехали за ним. Поэтому в тот день он был такой подавленный. А потом они его похитили. И в дороге он, очевидно, решил оказать сопротивление. Или они решили никуда его не везти. Подробностей я не спрашивал. Но попросил вернуть мне тело, чтобы мы могли его достойно похоронить. Вернуть для похорон, а не для твоих экспериментов. Мне пошли навстречу. И обставили все так, как было нужно. Вчерашний труп был настоящий утопленник, утонувший после инфаркта. А сегодняшний труп — это настоящий Павел Слепцов, которого убили и выдали нам его тело, чтобы мы могли его похоронить. Что тебе еще непонятно?

— Ты понимаешь, что мы сейчас с тобой делаем? Мы, по-существу, покрываем его убийц.

— Семен, он был моим другом. И я переживал не меньше тебя. Неужели ты не хочешь понять, что происходит? Его убили, привели приговор в исполнение по отношению к предателю, каким он был уже много лет. Они его убрали и могли вообще не отдавать нам его тело. Но я их просил. И они согласились. Не нужно больше ничего говорить. Мы отвезем тело к нему домой и завтра похороним. Как нормального человека. И пусть никто не узнает, что с ним на самом деле произошло. Хотя бы ради Натальи, ради его сына, ради его внуков. И ради меня, Семен.

— Как хочешь, — недовольно сказал отвернувшийся Маляров, — я больше ничего не скажу. Дурак ты, Тимур. Благородный дурак.

— Спасибо.

— И я дурак, — не успокоился Семен. — Вот так и будем с тобой жить. Два дурака.

Он позвал сторожа и разрешил снова закрыть тело. Потом вышел из морга на свежий воздух. Когда появился Караев, он отвернулся. Тело погрузили в грузовик. Всю дорогу назад Семен молчал. И только когда они подъезжали к дому, он спросил:

— Похороны завтра?

— Наверно, да. Если успеют. Сын к завтрашнему дню не успеет. А может, они решат, что Павла лучше хоронить послезавтра, — сказал Тимур.

Семен отвернулся. И ничего больше не спросил. Поздно вечером Караев вернулся домой. Он чувствовал себя не столько физически, сколько морально опустошенным. Словно он сделал огромную подлость. И по отношению к погибшему Паше Слепцову, и по отношению к своему другу Семену

Малярову, и по отношению к Наталье, жене Павла, которую он обманул. И по отношению к самому себе. Он подумал, что за последние дни ему несколько раз пришлось выбирать варианты между плохим и очень плохим. И возможно, не всегда он выбирал самые правильные варианты.

Когда раздался телефонный звонок, он даже не пошевелился. Телефон продолжал звонить. Второй, третий, седьмой, девятый. Словно позвонивший точно знал, что он дома. Наконец Тимур поднялся и подошел к телефону. Снял трубку.

— Алло, — сказал он негромко, — я вас слушаю.

— Мы хотели вам передать, полковник, что вы действовали правильно. Иван Сергеевич просил вас поздравить. Вы прошли все тесты. Мы вам еще позвоним. До свидания.

Тимур повесил трубку. И прислонился к стене. Может, он не должен был ничего просить. Может, нужно было оставить все как есть. Или он совершил самую большую ошибку в своей жизни? Он не знал ответа на этот вопрос.

Нью-Йорк. Штат Нью-Йорк. США. 23 мая 2006 года

Утром Евгений Ползунов позвонил в Москву. Впервые за много лет он сам позвонил в столицу своей бывшей страны. Поговорил с женой, ее братом, со своей тещей. Ничто не предвещало катастрофы. У всех было хорошее настроение, Виктория просила его приехать в Москву. Он сдержался, не обругав свою супругу, но пообещал подумать. Может, американцы действительно перестраховываются. После одиннадцатого сентября у них на все несколько другой взгляд. У страха глаза велики. Хотя специальный агент Кинг говорил ему, что «ликвидаторы» уже успели убрать несколько человек. А если это не «ликвидаторы», подумал Ползунов. Если опять американцы перестраховались. Он положил трубку. Когда в Нью-Йорке семь часов утра, в Москве еще поздний вечер. Он отправился в ванную, чтобы привести себя в порядок. Сегодня в десять кувейтские бизнесмены опять должны появиться. Они наверняка снова опоздают. И негодяй Лякомб снова заставит его куда-то поехать на встречу. Он использует его как переводчика, вместо того чтобы консультироваться с ним о положении в странах Ближнего Востока. Нужно объяснить ему, что он ошибается и Ползунов не нанимался в компанию его индивидуальным переводчиком.

Может, действительно махнуть на все рукой и куда-нибудь уехать? Однажды, много лет назад, он решительно поменял свое место жительства и образ жизни, уехав в Швецию и перебравшись затем в Америку. Вот и теперь нужно сделать нечто подобное. Он уже не бедный человек и к тому же гражданин Соединенных Штатов. С таким паспортом он может устроиться где угодно. Например, в Австралии. И начать новую жизнь. Оставить надоевшую Викторию, забыть про Изабеллу, которая найдет себе нового друга, и уехать. Зачем ему нужна эта охрана американцев, которая больше похожа на конвой. Он подошел к окну и посмотрел на улицы. На противоположной стороне улицы стоял знакомый джип. Похоже, у них одинаковые машины. Но номера разные. И пары сотрудников все время меняются.

Он вернулся в ванную комнату. Ему все давно надоело. Конечно, он получает небольшую пенсию от американского правительства за свое предательство. Но звание полковника американской армии они ему не присвоили и соответственный оклад, который обещали, тоже не дали. Как только он переехал на Запад, они сразу потеряли к нему интерес. Он нужен был им в качестве своего информатора в ГРУ. А как обычный пенсионер, сидящий на шее американских налогоплательщиков, он им просто не нужен.

Ползунов умылся и вышел из ванной комнаты. Прошел на кухню, чтобы налить себе кофе, и случайно задел рукой чашку. Она с громким грохотом упала на пол и разбилась. Он посмотрел на чашку.

— Черт возьми, — громко сказал Ползунов, — кажется, у меня разбилась чашка.

С одной стороны, ему было жалко эту чашку, привезенную еще из Техаса. А с другой — он должен был помнить о возможных «жучках», которые были повсюду установлены, и он понимал, как они могут среагировать на стук разбиваемой чашки. Поэтому он громко сказал, что именно случилось. Затем собрал осколки, подмел пол. На часах было около восьми. Нужно выезжать из дома, чтобы успеть попасть на Манхэттен. Потратить столько времени своей жизни, чтобы попасть офицером в военную разведку, столько лет изнурительной учебы и тренировок, войны и тяжелых командировок. И все это закончилось обычной инвестиционной компанией, в которой вице-президент пытается его довести до срыва. Как это все глупо.

Он выехал на машине, заметив, как джип двинулся следом за ним. И негромко выругался. Проку от них он не видел. На работу он приехал, как обычно, за десять-двенадцать минут до начала рабочего дня. Поднялся в компанию. Он всегда появлялся на работе одним из первых, сказывалась армейская дисциплина. Ползунов прошел в свой кабинет. На столе уже лежали заготовленные с вечера сообщения, на которые он должен обратить внимание. Он раздраженно отодвинул от себя всю эту кучу бумаг. Что он здесь делает? Зачем вообще он согласился работать в такой небольшой компании? Ему, правда, хорошо платят, но такие деньги он мог бы зарабатывать и в других местах. Как все это глупо, в который раз подумал Ползунов. Родиться в семье рабочего мастера в Воронеже, пройти школу, ПТУ, армию, пограничное училище, специальные курсы офицеров ГРУ, работать столько лет в военной разведке и оказаться в незначительной компании, где самая главная новость — успел переспать Морис Лякомб с новым секретарем президента компании или не успел. Ползунов снова раздраженно посмотрел на пачку бумаг, которая лежала перед ним. И в этот момент раздался телефонный звонок.

— Слушаю вас, — глухо ответил Ползунов.

— С вами говорит секретарь Омара аль-Сауда, — услышал он, — вы вчера были на нашем обеде. Мы ждем вас сегодня в башне «Уолдорфа». Мы много о вас слышали, мистер Ползунов. Приезжайте на переговоры. В холле, ровно в двенадцать, вас будет ждать наш представитель.

— Мистера Лякомба вы тоже приглашаете? — злодорадно уточнил он, не сдержавшись.

— Это решит сам мистер аль-Сауд, — услышал он надменный голос. На другом конце положили трубку.

Ползунов обрадовался. Если его зовут без Лякомба, то он наконец утрет нос этому зарвавшемуся плейбою. Пусть только попробует вмешаться. На этот раз все будет совсем иначе...

Он радостно подвинул к себе папки с бумагами. Пусть потом бесится, сходит с ума. Контракт подготовит сам Ползунов, без приглашения Лякомба. И тот сразу потеряет и свое устойчивое положение, и свою репутацию хорошего менеджера. Над ним будет смеяться вся компания.

Ровно в половине двенадцатого он предупредил Грету, что едет на важную встречу. И спустился вниз, в подземный гараж, где его уже ждали американцы.

— Придурки, — громко сказал по-русски Ползунов, — стоят и охраняют меня в гараже, понимая, что я никуда не уйду пешком. Им и в голову не может прийти, что я оставлю машину в гараже, а сам поеду на такси. Американцы подобных вещей не делают. Они передвигаются исключительно на машинах.

Он выехал из гаража. На этот раз к отелю «Уолдорф» он попал достаточно быстро, сказывалось отсутствие автомобильных заторов. Оставив машину в положенном месте, сбоку от отеля, он погрозил кулаком сидевшим в джипе. Он намеренно втесался в этот ряд таким образом, чтобы отрезать машину преследователей. Пусть теперь поездят вокруг отеля и попытаются найти себе свободное место. Будут знать, как его так нагло кидать, когда вчера ему повесили два штрафных уведомления.

Ворвавшись в холл отеля, он поискал глазами возможного посланца арабского шейха. И нашел сидевшего в углу незнакомого мужчину в типичной арабской одежде. На голове у того был арабский платок, длинное платье было надето, очевидно, поверх костюма, большие черные усы закрывали половину лица. Он надел темные очки, но, видимо, дремал. Мужчина лениво поднялся и поздоровался с Ползуновым. Они вошли в кабину лифта. До последней секунды Ползунов не был уверен, что все получится, но если получится, он добьется увольнения Лякомба. Никому не нужны ловеласы и сердцееды, здесь нужны добросовестные исполнители, каким Морис явно не был. Нужно будет намекнуть президенту компании и на его секретаря. Каким бы толерантным он ни был, ему не понравится, что сорокалетний вице-президент спит с секретарем шестидесятилетнего шефа, особенно если сам шеф благоволит своему новому секретарю. Пусть Морис попробует оправдаться.

Они поднялись наверх, и он вспомнил про американцев. Ничего, злорадно подумал Ползунов, так им и нужно. Пусть почувствуют на себе, как это трудно — найти подходящее место парковки в течение нескольких секунд. Почему этот посланец шейха говорил с ним только на английском? Ведь им известно, что он знает арабский. Наверно, этот тип всю свою жизнь провел в Америке, сначала учился, а потом остался здесь жить. Таких здесь полно. Некоторые из них плохо говорят по-арабски, и их основной язык — английский.

По знакомому коридору первым шел арабский провожатый, а уже вторым сам Ползунов. Он вспомнил, что не взял с собой оружия, но в таком отеле ему ничего не грозит. Здесь повсюду установлены камеры.

— Сюда, — сказал любезный араб, — входите.

Ползунов вошел первым. Обычный номер с двуспальной кроватью. Столик, трюмо, полки, дверь в ванную комнату.

— Зачем вы меня сюда привели? — разозлился Ползунов. — Где ваш шейх? Я должен поговорить с ним.

— Его не будет, полковник Ползунов, — сказал по-русски этот арабский посланец, снимая с себя головной убор, темные очки и пышные усы. Перед ним стоял лысоватый мужчина из тех страшных фотографий, которые ему уже показали.

Убийца достал пистолет с глушителем. И в этот момент Ползунов, словно очнувшись, бросился на «ликвидатора». Комната была небольшой, здесь невозможно было развернуться, и это обстоятельство роковым образом сказалось на действиях убийцы. Он оказался достаточно близко к своей жертве. Ползунов был не просто бывшим штабным офицером, он прошел Афганистан, где от мгновенно принятого решения часто зависела его жизнь. Именно поэтому он сразу обернулся и, заметив направленное на него оружие, прыгнул на убийцу. Только этого не хватало — чтобы его пристрелили как собаку, подумал полковник и сделал удачный прыжок, выбивая из рук убийцы оружие. Тот успел выстрелить. Но пистолет был поднят слишком высоко. И пуля попала в стену. Убийце явно мешало его мешковатое платье, надетое поверх костюма. Он не сумел вовремя извернуться. Мужчины, сцепившись, упали. Пистолет отлетел в сторону.

— Ты еще хочешь меня убить? — презрительно спросил Ползунов, нанося удары все сильнее и сильнее. Тело мужчины начало обмякать. Ползунов был намного сильнее, сказывались занятия теннисом.

Он нанес еще один сильный удар в челюсть, и у мужчины закатились глаза. Ползунов встряхнул его, как мешок картошки. Кажется, убийца потерял сознание. Довольный собою, Ползунов поднял голову, чтобы поискать выпавшее оружие. И в этот момент, казалось, потерявший сознание «ликвидатор» вдруг встрепенулся, нанося ему удар по лицу. Ползунов дернулся, но не упал. Он еще раз ударил лежавшего под ним человека. Тот был слишком плотным и подвижным. Нужно найти пистолет этого типа, подумал Ползунов. И поднял голову, чтобы поискать упавшее оружие. В этот момент он увидел, что дуло глушителя снова смотрит на него.

Он не успел ничего сказать. И ни о чем попросить. Но перед ним была женщина. Можно было попытаться что-то сказать или уговорить ее. Но он увидел ее глаза и понял, что не успеет ничего сказать. Так и произошло. Сверкнул выстрел, глушитель был почти приставлен к его голове. Затем второй. Тело Ползунова отлетело назад. Убийца сделала третий выстрел, четвертый, пятый.

— Хватит, — попросил мужчина, лежавший на

полу, — больше не стреляй. И помоги мне встать. Как видишь, все удалось.

— Если бы я вовремя не вошла, ты был бы сейчас в полиции, — возразила женщина, все еще сжимавшая в своих онемевших руках оружие, — или он бы тебя убил.

— Может, и так, — согласился Роберт, — мы его явно недооценили. А теперь уходим. Это был пятый и последний наш «клиент». Мы с тобой сделали все, что смогли. Подожди секунду. Он, кажется, сломал мне ребро. Такому бугаю достаточно меня сильно ударить, чтобы сломать мне ребро.

Она помогла ему сесть на стул. Озабоченно взглянула на него.

— Ты сможешь идти? — уточнила она.

— Попытаюсь. Во всяком случае, здесь с трупом мне оставаться не стоит. Мне нужно опять надеть этот платок и свой камуфляж. В коридорах наверняка есть скрытые камеры. Они быстро выяснят, что этот номер не снимал аль-Сауд, и появятся здесь. Давай, уходим. Как можно быстрее.

— Немного отдохни. Ты тяжело дышишь.

— Это уже неважно. Уходим.

Они даже не могли предполагать, во что именно выльется именно это убийство в отеле «Уолдорф Астория». Через пятнадцать минут в номере появились сотрудники ЦРУ. Еще через полчаса о смерти бывшего полковника военной разведки Евгения Ползунова узнал директор ЦРУ Портер Госс.

Он даже не мог предположить, что это станет началом конца его славной карьеры.

Роберт и его спутница сошли вниз, стараясь не привлекать к себе внимания. Он сразу лег на заднее сиденье. Она уселась за руль, и они отъехали от отеля.

Машина двигалась на предельно допустимой скорости. Они выехали из города, выбирая автомобильную трассу, уходившую на север. Женщина уверенно вела машину, а ее спутник располагался на заднем сиденье. И только иногда приглушенный стон вырывался из его груди. Она не оборачивалась на его стоны, понимая, что не должна останавливаться. И он не разрешит ей сделать даже короткую остановку. К вечеру они достигли Бостона, но, не останавливаясь, продолжили движение. Ночью она заправила бензин и купила ему болеутоляющее, но это было все, чем она могла ему помочь. Он молчал, кусая губы, чтобы не выдать своего истинного состояния. Утром следующего дня они были на американо-канадской границе. Только тогда, когда они наконец проехали границу, она позволила себе снова обернуться и взглянуть на него. Он был бледнее обычного, на лбу выступали капельки пота.

— Ты сумеешь продержаться? — поинтересовалась она.

— Пока держусь, — хрипло пробормотал он, — а как ты? Не устала, ты ведь ехала всю ночь? Может, немного отдохнешь? Как ты себя чувствуешь?

— Не так плохо, как ты, — получил он ответ.

В его кармане уже лежали билеты из Монреаля в Москву. Про убийство Ползунова они больше не вспоминали. В небольшом канадском городе, при подъезде к Монреалю, они все-таки остановились и зашли в больницу. Ему сделали рентген, убедив его, что сломаны даже два ребра. Несмотря на заключение врачей, он решил продолжить свою поездку. Ему сделали перевязку, вкатили два укола. Все это время она сидела в больнице, дожидаясь своего напарника. Обоим было плохо, они устали, чувствовали себя абсолютно разбитыми. Но им нужно было успеть на сегодняшний рейс в Москву, чтобы не задерживаться в Канаде. Оба понимали, что их все равно вычислят. И от скорости их продвижения зависела в конечном счете их собственная судьба. Он разобрал оружие по частям. Трижды они останавливались и трижды разные части пистолета летели в реку или в овраг. Глушитель он выбросил еще в Америке, сразу после Бостона.

В нескольких километрах от Монреаля ему стало совсем плохо. Она остановила машину и терпеливо ждала, пока он придет в себя.

— Напрасно я выбросил пистолет, — вдруг задумчиво произнес Роберт.

— О чем ты говоришь?

— Напрасно я выбросил оружие. Ты могла бы выстрелить мне в лицо. Так было бы правильно. Я могу не выдержать.

— Не говори глупостей, — разозлилась она, — мы едем в аэропорт. У нас еще много времени.

— Послушай меня, — тихо произнес он. — Если я потеряю сознание или вдруг... В общем, если я засну или со мной что-нибудь случится, ты должна вытащить у меня все документы и бросить на дороге. Но, прежде чем ты меня оставишь, ты обязана меня переехать. Несколько раз. Чтобы я не попал живым к американцам. Обещай, что сделаешь именно так.

— Ненормальный, — нахмурилась она, — мы вместе улетим из Монреаля.

— Конечно, вместе, — закашлял он, — но если не сможем улететь, ты обязана будешь сделать то, о чем я сказал. Твоя машина должна несколько раз меня переехать, чтобы ты гарантированно меня убила. Только так. И ты понимаешь, что у нас нет другого выхода.

— Хватит, — прервала его женщина, — лежи спокойно. Не нервничай. Мы сейчас дальше поедем. Никого я переезжать не собираюсь. Сейчас не те времена. И мы не на государственной службе, чтобы ты так себя убивал. Даже если тебя возьмут американцы. В этом нет ничего страшного. Провалы были у самых знаменитых разведчиков.

— Мы не разведчики, — напомнил он, тяжело дыша, — мы даже не представляем свою страну. От нас сразу все отрекутся. Мы типичные убийцы, которых нужно судить и сжечь на электрическом стуле. И чтобы родственники убитых смотрели, как мы умираем. Воистину Америка великая страна. Здесь даже смерть поставлена на коммерческую основу. Око за око, зуб за зуб. Нас даже не смогут обменять, как Абеля, ведь нашей организации формально не существует. Если мы не успеем сбежать, мы умрем.

— Правильно, — кивнул она, — поэтому я еду дальше, а ты терпи. И держись, пока мы не приедем в аэропорт. Осталось совсем немного.

Она прошла на свое водительское место и села за руль, сильным ударом закрывая дверцу со своей стороны. В Монреаль они прибыли за полтора часа до вылета. Успели пройти пограничный и таможенный контроль, сдать свои чемоданы. Оба чувствовали себя абсолютно опустошенными. Уже в самолете, когда они занимали свои места, он еще раз покачнулся. Она его поддержала, чтобы он не упал. Когда он сел в свое кресло, она спросила:

— Может, мы полетим другим рейсом?

— Только этим, — счастливо улыбнулся он. — Два сломанных ребра за пятерых подлецов. Это такой прекрасный баланс. Я лично на него абсолютно согласен. Хотя ребра и мои.

Она больше ни о чем его не спрашивала. Вплоть до посадки в Москве. Когда самолет приземлился, он позволил себе потерять сознание. Но это было уже совсем не страшно.

Лэнгли. Вашингтон. Округ Колумбия. США. 24 мая 2006 года

На этот раз совещания не было. Из сенатской комиссии приехали двое сенаторов, которые хотели услышать доклад директора ЦРУ о причинах столь невероятных провалов. Госс не решился собирать руководителей управлений. Он пригласил Крейга и Кинга для отчета. И сел вместе с ними по другую сторону стола.

— Как могло получиться, что русские «ликвидаторы», приехав в нашу страну, так открыто здесь работали? — поинтересовался первый сенатор. Он был достаточно пожилой человек. Ему было под шестьдесят.

— Не открыто, — возразил Крейг, на которого взглянул директор ЦРУ, — мы их сумели вычислить и даже преследовать. Но каждый раз они уходили от нашего возможного наблюдения.

— Иначе говоря, вы их упускали?

— Да.

— Погибло пять бывших агентов, — напомнил другой сенатор, помоложе. Ему было лет сорок пять. Но все знали, что он отличается особо жестким подходом к вопросам безопасности, заявляя, что «много лет благодушия для Америки давно закончились».

— Пять, — согласился Крейг, — Труханов в Гласгоу, Гринберг в Детройте, Уранов в Лос-Анджелесе, Хамидуллин в Лас-Вегасе и Ползунов в Нью-Йорке..

— Уже после второго случая вы знали, что всем остальным грозит опасность, но не приняли никаких мер, — не унимался молодой сенатор. — Я могу узнать почему?

— Мы приняли меры, сэр, — почтительно возразил Крейг. — Мы отправили специальное сообщение в ФБР с просьбой задействовать их возможности для охраны наших бывших осведомителей. В Лос-Анджелесе они проявили некоторую беспечность, но в Лас-Вегасе охраняли своего подопечного довольно плотно. Убийца пошел на сознательный трюк, чтобы ввести в заблуждение сотрудника ФБР.

— Бюджет ФБР на этот год больше четырех миллиардов долларов, — возмущенно сказал молодой сенатор, — у них в штате работают больше тридцати тысяч человек, из которых двенадцать с половиной тысяч — специальные агенты. И они не могут обеспечить нормальную безопасность нескольким бывшим агентам. Зачем нужны их многомиллиардные затраты?

— Но в последний раз убийц упустили не сотрудники ФБР, а специальная группа сотрудников ЦРУ, — напомнил пожилой сенатор. — Мы можем узнать подробности? Каким образом убийцам удалось так легко уничтожить Ползунова? Разве вы его не предупреждали о реальности угрозы?

— Я говорил с ним лично, — доложил Кинг, — но мне кажется, что он не совсем серьезно относился к моим словам. Во всяком случае, мне показалось, что он просто смеется над нашими мерами предосторожности. Но убийца оказался хитрее, он воспользовался тем, что Ползунов несколько раз бывал в этом отеле. Сработало обычное чувство безопасности. Но на этот раз его позвали в обычный номер, снятый без указания кредитных карточек гостя. Он оставил депозит наличными и не забрал остаток, когда уезжал.

Кинг подвинул к себе папку с документами и продолжал:

— Они все предусмотрели. Узнали про приезд в отель известного бизнесмена и родственника короля Омара аль-Сауда и позвали на встречу с гостем и самого Ползунова, который работал в компании, занимавшейся инвестициями бизнесменов с Ближнего Востока. На следующий день его просто обманули. Он поехал туда и нашел место для стоянки своего автомобиля. Сотрудники ЦРУ вынуждены были сделать объезд, чтобы найти подходящее место. А в это время Омар аль-Сауд якобы ждал Ползунова в своем номере. Когда Ползунов туда поднялся, его убили. При этом наш бывший агент оказался достаточно подготовленным человеком.

— Что значит подготовленным?

— Он пытался оказать сопротивление, — пояснил Кинг.

— И ваши агенты не пришли ему на помощь?

— Они появились в отеле, поднялись в номер, но было слишком поздно.

Оба сенатора переглянулись.

— Вам не кажется, что ваши люди все время опаздывают? — поинтересовался молодой сенатор. — И вы не видите в этом никакого умысла?

— Нет, сэр. Не вижу, — почтительно ответил Кинг, — иногда такое случается. Ползунов сам оторвался от наших людей. Он очень спешил на встречу. Очевидно, «ликвидаторы» учли и это психологическое состояние.

— По-моему, все ясно. — Молодой взглянул на своего старшего коллегу. — Налицо явное нарушение существующих норм безопасности, грубое пренебрежение этими нормами и полная некомпетентность сотрудников ФБР и ЦРУ в деле охраны нужного им свидетеля. И вы до сих пор не вычислили информатора в своих рядах. Чего вы ждете? Очередного убийства? И опять ваши сотрудники потерпят фиаско.

— Наши люди работали на пределе возможностей, — возразил Госс, — никто не думал, что все сложится столь трагически.

— А ваши люди обязаны в первую очередь думать, — заметил старший сенатор. — Я полагаю, нам все ясно. Мы будем рекомендовать Президенту страны поменять руководство ЦРУ. Или вы сами подадите в отставку. Такие невероятные нарушения позволили создать этим убийцам почти идеальные, комфортные условия. Вы потеряли пять бывших агентов.

Госс обреченно кивнул. Он понимал, что сенаторы правы. Ни один директор ЦРУ не имел права оставаться на своем посту после стольких провалов.

— Не нужно никого наказывать, — неожиданно сказал он, — это были мои личные ошибки, которые я обязан признать. Прошу вас доложить о случившемся и передать мою просьбу об отставке. Я напишу ее сегодня вечером и доложу обо всем Президенту.

— Мы не настаиваем на столь радикальных решениях, — мягко заметил пожилой сенатор, — проверка еще не закончилась.

— Я уже принял решение, — твердо заявил Госс, — не нужно никого наказывать. Виноват в случившемся только я один. Мы недооценили своих врагов и были наказны за свою беспечность.

Оба сенатора поднялись. Кивнули на прощание всем троим сотрудникам ЦРУ, которые поднялись следом и почтительно замерли, ожидая ухода сенаторов. И вышли из помещения.

— Почему вы приняли такое решение, сэр? — спросил Крейг. — Ведь за эту неудачу должны ответить и руководство ФБР, и наши специальные агенты, и руководители многих наших управлений. Вы взяли всю вину на себя. Это неправильно, сэр.

— Я все продумал, — печально сказал Госс. —

Это единственная возможность отвести удар от всех вас. В таком случае они удовлетворятся малой кровью. Иначе сенаторов придется познакомить со всеми деталями этой операции. Если выяснится, что мы сознательно подставляли бывших агентов и наших европейских союзников, разразится еще больший скандал. А это еще более недопустимо. Поэтому я принял такое решение. Спасибо вам, господа, за вашу работу. До свидания.

Госс поднялся и вышел из помещения. Крейг взглянул на своего напарника.

— Где теперь они нанесут следующий удар? Может, нам действительно стоит собрать всех агентов под одной крышей где-нибудь на военной базе. И расставить вокруг ракетные установки, чтобы сбивать любого, кто подойдет ближе чем на километр?

— Нужно вычислить информатора, — твердо сказал Кинг, — только тогда мы сумеем узнать, кто и зачем его завербовал. И какую информацию он передавал в Москву.

— С самого первого дня я не верил, что подобную операцию проводят российские спецслужбы, — признался Крейг. — Зачем им это нужно? Для чего? Если гениальная провокация, чтобы сорвать саммит в Санкт-Петербурге, то это глупо. Если они спохватились именно сейчас, то глупо вдвойне. Тогда кто? У кого появились такие деньги, люди, возможности, информаторы, специалисты?

— А если мы устроим им ловушку? — предложил Кинг. — Уберем несколько агентов и заменим их нашими сотрудниками. Пусть поработают гримеры и визажисты. И тогда «ликвидаторы» выйдут уже на наших специалистов, работающих под прикрытием. Будет легче с ними справиться.

— Может быть, — задумчиво произнес Крейг, — очень может быть. Но теперь нам нужно все тщательно продумать. И боюсь, что про наших «ликвидаторов» мы больше не услышим. Если они не психопаты, то давно уже покинули нашу страну. И теперь сюда прибудет другая пара, о которой мы еще не знаем.

Москва. Россия.
25 мая 2006 года

Похороны были назначены на этот день. Сын Слепцова успел прилететь из Америки. Наталья с трудом сдерживалась, стараясь не разрыдаться. Ее поддерживала дочь. Рядом было много друзей и знакомых. Павла похоронили рядом с отцом. Караев был вместе с Маляровым, который приехал на похороны. У обоих был одинаково мрачный и несколько отрешенный вид.

К Тимуру подошел невзрачный мужчина лет пятидесяти. У него были растрепанные волосы, на куртке не хватало одной пуговицы. Он растерянно улыбался, словно не зная, как именно ему себя вести.

— Я Николай Жажин, — представился он, — я

звонил вам несколько дней назад, когда Павел исчез.

— Я помню, — кивнул Караев, — вы работали вместе с ним.

— Работали, — кивнул Жажин, — но в девяносто первом я попал под сокращение. Тогда уволили много сотрудников, которые работали во внешнеторговых представительствах или были прикомандированы к посольствам.

Это был пик демократического идиотизма новой России, когда объявили, что в новой стране во всех посольствах будут сокращены представительства спецслужб и вообще из МИДа необходимо уволить всех работающих под крышей «дипломатов» сотрудников внешней разведки. Войдя в раж, уволили многих. Потом опомнились и вернули уже других. Всем было понятно, что посольства нужно защищать от чужого наблюдения, что нужны шифровальщики для отправления закрытых депеш, нужны специалисты для сбора материалов и встречи с информаторами. Одним словом, постепенно все вернулось к своему первоначальному состоянию, но сотни и тысячи людей были уволены из органов, им сломали карьеры, опрокинули их судьбы.

— Где вы работаете? — спросил Караев.

— В одной фирме, — жалко улыбнулся Жажин, — мы занимаемся сетевым маркетингом.

— Понятно. — Судя по внешнему виду Жажина, этот вид бизнеса не приносил ему особых дивидендов.

— Зачем он с вами встречался в день своего исчезновения? — спросил Караев. — Вы ведь видели его за час или полтора до того, как мы с ним встретились?

— Да, — кивнул Жажин, — он был в очень плохом состоянии. Очень нервничал. Злился. Сказал, что обязательно мне перезвонит.

— О чем он вас спрашивал?

— Ему было интересно, как я устроился, как у меня идут дела. Он даже дал мне взаймы тысячу рублей, — признался Жажин, — я ему обещал вернуть. Как вы думаете, его вдова сможет немного подождать? Я верну, честное слово верну, но только немного позже.

Караев печально кивнул, уже ни о чем не спрашивая. Жажина ему было жалко. Он был один из тех, чья карьера могла нормально развиваться, если бы не революционные потрясения девяностых, когда под каток реформ попадали самые слабые и беззащитные.

После похорон все поехали домой к Наталье. Вспоминали Павла, рассказывали, каким хорошим другом он был. Тимур позволил себе выпить две рюмки водки. Они довольно быстро вышли с Маляровым из квартиры. Ему было тяжело слышать разные истории про своего бывшего друга. Семен хорошо понимал его состояние.

Вечером Караев вернулся домой. На часах было около семи, когда ему позвонили и попросили приехать в тот самый дом, где они уже встречались с Большаковым. Он даже не успел раздеться. Поэтому он довольно быстро выехал и уже через полчаса был в этой квартире. Но Большакова там не было. Ему пришлось ждать около двадцати минут, пока в комнату не вошел знакомый ему человек. Это был генерал Попов, заместитель начальника Академии ФСБ.

— Здравствуйте, полковник Караев, — протянул он ему руку.

— Добрый вечер, Андрей Валентинович. — Он вспомнил, что они встречались несколько дней назад, когда машины, за которыми следили сотрудники уголовного розыска, въехали во двор Академии ФСБ. Но тогда Попов все отрицал.

— Удивлены? — спросил генерал, усаживаясь за стол.

— Нет. Я уже ничему не удивляюсь. Если выяснилось, что во главе вашей организации стоит сам глава Государственной технической комиссии, то присутствие остальных генералов меня уже не удивляет. Я даже не удивлюсь, если узнаю, что одним из членов вашей организации является сам Президент страны.

— Нашей, — поправил Попов, — нашей организации, полковник. Вы два раза оговорились, назвав организацию «вашей». Вы теперь полноправный член нашей организации.

— Меня уже приняли?

— Вы прошли все психологические тесты, — пояснил Попов, — это самое важное. Но мы хотели с вами срочно увидеться не поэтому. Дело в том, что вы были в командировке в Швеции еще в те времена, когда наша организация называлась совсем по-другому.

— Об этом меня много раз спрашивали. Я работал там, когда в Скандинавии находился Павел Слепцов, с которым мы дружили. И на этом основании вы сделали ошибочный вывод, что именно я был его связным. Учитывая, что я еще живой, вывод был поспешным и неквалифицированным. — Он не мог отказать себе в удовольствии высказать подобные претензии генералу. Хотя бы при такой частной беседе.

— Да, — согласился Попов, — ошиблись наши аналитики. Они взяли самый простой вариант. Если Слепцов был предателем, то он должен был иметь сообщника, который был его связным. На эту роль идеально подходили именно вы. И нет ничего удивительного, что наши люди ошиблись. С одной стороны, вы были его другом, с другой — имели доступ ко всей информации, с третьей — были вне подозрений. Просто идеальный кандидат. Поэтому наши аналитики ошиблись. И прошло столько лет, спишите часть ошибки и на этот срок.

— Нет, — жестко заявил Тимур, — в нашем деле нельзя так работать. Даже целый комплекс возможных догадок не может стать одним конкретным фактом. Этому, между прочим, учат и в вашей Академии.

— Согласен, — кивнул Попов, — и поэтому мы признали свою ошибку. Сегодня я хотел поговорить с вами как раз о вашей работе в Швеции.

— Но почему вас так интересует именно этот период моей жизни? — не понял Караев. — Что в нем было такого особенного, кроме моей дружбы со Слепцовым? Может, вы мне объясните?

Попов улыбнулся. Покачал головой.

— Судя по вашему досье, вы должны быть отличным аналитиком. Неужели сами не понимаете, что ни ваша работа в Скандинавии, ни предательство Павла Слепцова нас не очень волнуют. У нас есть другая, гораздо более веская причина для подобного интереса.

— Что вы имеете в виду? — нахмурился Тимур.

— Именно в этот период работы в Скандинавии, — пояснил Попов, — информация шла через Финляндию. Швеция и Финляндия. Вы помните, кто часто бывал там в командировках по линии Первого главного управления КГБ СССР? Кто курировал это направление?

— Нет, не помню. Я работал во Втором главном управлении, — ответил Караев, задумавшись. — Неужели вы думаете, что я сейчас могу вспомнить, кто туда приезжал и кто был тогда куратором этого направления?

— Офицер, занимавшийся аналитической информацией по Скандинавии. Знающий Слепцова и сумевший вычислить его возможное предательство. Он бывший генерал разведки, хорошо владеет шведским и английским языком, — безжалостно продолжал перечислять все факты из жизни неизвестного руководителя разведки генерал Попов, — некоторое время он провел в служебной командировке в Финляндии, курировал шведское направление. А затем работал в государственных структурах нашей страны, занимая самые высокие должности в правительстве. Понимаете, о ком я говорю?

Тимур нахмурился. Это должен быть известный человек. Очень известный. Бывший офицер разведки, курировал скандинавское направление, аналитик... Стоп. Господи, этого не может быть. Этого просто не может быть. Он с изумлением взглянул на своего собеседника.

— Это... это...

— Да, — кивнул генерал Попов, — это нынешний министр обороны и вице-премьер нашего правительства. Один из самых близких людей нынешнего Президента. И самых доверенных. Теперь вы понимаете, почему у нас такой интерес именно к вашей работе в Скандинавии?

— Вы его тоже подозреваете? — усмехнулся Караев. — Его считали одним из лучших аналитиков.

— Не говорите глупостей, — резко прервал его Попов. — Конечно, мы его не подозреваем. Это было бы слишком большим подарком нашим заклятым друзьям, если бы у них появился такой агент. Я думаю, что в нашей стране мало секретов, которых он не знает. Включая и космические войска. Я думаю, что он знает их даже лучше, чем нынешний Президент. Хотя тот тоже работал в разведке и на государственных должностях. Но у Президента масса других проблем — политика, экономика, наука, образование, экология и все прочие... А тот, о котором мы говорим, занимается обороной и оборонной промышленностью. Это очень закрытая тема.

— Я не совсем понимаю тогда, что именно вы хотите?

— Его окружение, — пояснил Попов. — Во всем мире пристально следят за нашей страной. Кто будет Президентом через два года, когда закончится второй срок нынешнего главы государства? Согласитесь, что это не праздный вопрос. Раньше считалось, что есть несколько кандидатов, среди которых был и бывший министр внутренних дел, ныне спикер Государственной думы. Но теперь уже всем ясно, что реальных кандидатов не так много. Их только двое. Первый вице-премьер и бывший руководитель Администрации Президента и нынешний вице-премьер и министр обороны. Только двое. И один из них был тесно связан с нашими организациями. При этом мы еще не нашли связного, который работал на Слепцова в те годы. Но некоторые офицеры из окружения нынешнего министра обороны знакомы с ним еще по тем временам. Такое своеобразное братство разведчиков. А если среди них был тот самый связной? Понятно, что мы не подозреваем бывшего генерала разведки и министра обороны в предательстве. Но кто был связным Слепцова? Кто работал на американцев? Этот человек может оказаться в близком, очень близком окружении нового главы государства, если таковым станет наш министр обороны. Как вы думаете, что мы должны предпринять, чтобы не допустить такого развития событий?

— Я вас понял, — кивнул Караев, — теперь я все понял.

— Сегодня на кладбище вы говорили с одним из бывших сотрудников ПГУ КГБ Николаем Жажиным, — напомнил Попов.

— Вы следите за мной все время? — угрюмо уточнил Караев. — Даже когда я бываю на похоронах?

— За этими похоронами мы обязаны были проследить, и вы прекрасно понимаете почему. Вы не ответили на мой вопрос. Вы с ним встречались?

— Вы же сами на него и ответили. Конечно, встречался. Он сам подошел ко мне и представился. Но я его не помню по прежним встречам. У него слишком невзрачное и не запоминающееся лицо.

— Идеальная внешность для разведчика, — кивнул Попов. — О чем вы с ним говорили?

— Ни о чем. Он переживал насчет смерти Слепцова. В четверг вечером они встречались примерно часа за полтора до встречи Паши со мной. Слепцов одолжил своему старому знакомому тысячу рублей. Жажин работает сейчас в фирме, занимающейся сетевым маркетингом. Судя по его внешнему виду, дела у него идут не очень хорошо.

— Жажин работал в Швеции вместе с Павлом Слепцовым, — сообщил Попов. — Мы считали, что он давно умер. Он был уволен из органов внешней разведки еще в конце девяносто первого. Потом продал свою квартиру, дачу, переехал, снова продал квартиру. Его следы затерялись. Он уезжал на заработки в Киргизию. На пять лет. Мы были уверены, что он давно умер. А он, оказывается, был жив и даже встречался со своим другом перед его смертью.

— Что вы хотите сказать? Теперь вы подозреваете Жажина? Но он мне звонил четырнадцатого числа, как раз в воскресенье, когда вы уже прослушивали мои телефоны.

— Именно тогда на него и обратили внимание, — сообщил Попов. — Если мы все рассчитаем правильно, то, возможно, выйдем на этого Жажина, который и мог быть связным вашего друга.

— Только не Жажин, — возразил Тимур. — Павел был опытным разведчиком. Он бы не стал использовать такое ничтожество в качестве связного. Это абсолютно исключено.

— А если «вслепую»? Если Жажин даже не знал, для чего его используют? — поинтересовался Попов. — Такой вариант вы исключаете?

Караев нахмурился. Он вдруг подумал, что как раз для такой работы Жажин был почти идеальной кандидатурой.

— Вам нужно с ним поговорить, — мрачно предложил он, — пригласить для беседы и поговорить.

Чтобы не осталось никаких вопросов. По-моему, это сделать совсем нетрудно.

— Мы это уже сделали, — спокойно ответил Попов, — сегодня после похорон мы его взяли. Вам нужно только через полчаса проехать в известный вам центр. И вместе с Иосифом Наумовичем допросить этого бывшего разведчика. Во-первых, вы работали вместе с ним, а во-вторых, это будет ваше «боевое крещение». Заодно мы выясним и про самого Слепцова. А с понедельника вы получите конкретное задание. Будете проверять досье всех сотрудников разведки, работавших в тот период по Скандинавии. Мы должны быть уверены, что все они абсолютно честные и порядочные люди. Никаких сбоев быть не должно. Вы все поняли, полковник?

— Да, — кивнул Караев, — теперь я понимаю, что ваша операция по устранению бывших перебежчиков — всего лишь операция прикрытия. Пользуясь патриотической фразеологией, вы готовитесь к новым выборам Президента и пытаетесь внедрить в его окружение как можно больше своих людей.

— Верно, — согласился Попов, — и правильно делаем. Как только в окружении Президента появляются подозрительные проходимцы и бизнесмены, всю страну начинает лихорадочно трясти. Пусть лучше будут наши люди, всегда работающие на страну, чем мошенники, готовые эту страну обокрасть. Разве вы не согласны со мной?

— Не знаю, — честно ответил Тимур, — мне казалось, что в демократической стране сам народ определяет, кто будет рядом с Президентом.

— Народ выбирает Президента, — терпеливо пояснил Попов, — а тот сам формирует свою команду. И здесь всегда много субъективного. Всегда и во всех странах, Караев, можете мне поверить. И это одна из особенностей любого демократического режима. Впрочем, тоталитарного в еще большей мере.

ИЗ ИСТОРИИ СПЕЦСЛУЖБ

Самым известным сотрудником спецслужб, перешедшим на сторону врага, стал комиссар госбезопасности третьего ранга Люшков, который перешел государственную границу СССР на Дальнем Востоке и сдался японцам. Он выдал большую сеть советской агентуры в Маньчжурии. В ОГПУ было принято особое решение по его поводу, и на его поиски были посланы две группы «ликвидаторов», которые должны были найти и уничтожать предателя. Первую группу японцы обезвредили, вторая вернулась ни с чем. Понимая, что Люшкова не оставят в покое, японцы поменяли ему документы, выдав ему паспорт на имя японского гражданина Ямогучи Тосикадзу. Однако его не спас и этот паспорт. Его выследили и убили в назидание другим.

По оставшимся документам о Люшкове известно не так много. Эту историю не предавали гласности много лет. Гораздо более известными стали трое других шпионов, о которых написано множество книг и снято несколько фильмов. И первый из них — полковник военной разведки Олег Пеньковский. Считалось, что он нанес максимальный вред своей стране в шестидесятые годы. Пеньковский одновременно работал на американскую и английскую разведки. Он передал на Запад более пяти тысяч снимков и документов о разработках ядерного оружия в СССР, о военно-воздушных силах своей страны. Пользуясь покровительством, которое ему оказывал один из доверчивых маршалов артиллерии, полковник Пеньковский имел доступ во многие учереждения страны и работал в элите советских вооруженных сил.

На Западе из предателя и мерзавца Пеньковского сделали героя. Даже сочинили миф, что третья мировая война не началась благодаря шпионским донесениям Пеньковского, который якобы передал сведения о неготовности СССР вести ядерную войну во время Карибского кризиса. Все это миф и неправда. Пеньковский действительно сообщал американцам о разработках ядерного оружия и очевидной неготовности СССР к новой войне. Но вместе с тем его мало интересовали судьбы человечества. Неудовлетворенное тщеславие, вызванное завистью к более удачливым коллегам, обида на страну, где ему иногда припоминали прошлое его отца. Пеньковский долгие годы скрывал, что его отец служил в белой армии во время Гражданской войны. И наконец, непомерные амбиции в сочетании с явным злоупотреблением алкоголем привели его на скользкий путь предательства, оплачиваемого спецслужбами Запада в их конвертируемой валюте. Ради справедливости стоит сказать, что Пеньковский практически не успел потратить свои деньги. В октябре шестьдесят второго он был арестован и осужден на смертную казнь. Приговор был приведен в исполнение.

Еще одним известным шпионом на Западе стал другой представитель военной разведки, генерал-майор Дмитрий Поляков. Этот предатель нанес невероятный ущерб своей стране, выдав за двадцать лет сотрудничества с американцами девятнадцать агентов-нелегалов и более двухсот иностранных граждан, работавших на советскую военную разведку. Его долго не могли вычислить, сказывался колоссальный опыт и знания самого Полякова. Но в этой игре спецслужб не бывает ничьих. Его выдал руководитель отдела ЦРУ, который работал на СССР. Самый известный советский шпион Олдридж Эймс помог разоблачить генерала Полякова. В конце тысяча девятьсот восемьдесят шестого года Полякова арестовали. Его судили и приговорили к расстрелу. Американцы считали его одним из самых успешных своих шпионов за все годы противостояния в «холодной войне».

Через несколько лет, во время личной встречи Президента США Рональда Рейгана с лидером Советского Союза Михаилом Горбачевым, Рейган, оставшись без помощников, вдруг сам попросил

Горбачева за генерала Полякова. Недоумевающий Горбачев приказал все проверить и уточнить, за какого генерала просит американский Президент. На следующей встрече он с сожалением пояснил Рейгану, что бывший генерал уже расстрелян. По непроверенным сведениям, Полякова даже наградили американским орденом. Но для десятков семей в бывшем Советском Союзе и для сотен семей по всему миру он стал предателем, разбившим их жизни и семьи.

Наконец, Олег Гордиевский, полковник внешней разведки, бывший резидент ПГУ КГБ в Дании и в Великобритании. Работал на английскую разведку еще с семьдесят четвертого года. Считался лучшим приобретением западных спецслужб за все годы противостояния с КГБ. Все-таки Поляков и Пеньковский были из военной разведки. А Гордиевский занимал одно из самых важных мест в иерархии западных резидентур КГБ СССР.

Михаил Горбачев даже не догадывался, кому он был обязан своими успехами на Западе. Когда в восемьдесят четвертом году Горбачев посетил Великобританию, местная пресса уже писала о нем как о возможном преемнике тяжело больного Черненко. Премьер-министр Великобритании Маргарет Тэтчер решила принять молодого лидера в своей резиденции. Для встречи с премьер-министром Горбачеву подготовили материалы. За подготовку всех материалов отвечал лично Олег Гордиевский, резидент КГБ в Лондоне. Но еще раньше все эти материалы поступали через английскую разведку на стол к Маргарет Тэтчер. Таким образом, она уже знала, о чем и как с ней будет говорить молодой советский лидер, на какие вопросы он обратит внимание, какие постарается замолчать. Она была умной и талантливой женщиной и поэтому подготовилась к беседе. Но Горбачев проявил свой характер. Он слишком много лет просидел в Ставрополье, в провинциальном обкоме, где просто привык бегло знакомиться с материалами, которые ему готовили, лишь пробегая их между строчками. На фоне тугодумных сельских секретарей, имеющих заочное образование ветеринаров или зоотехников, бывший студент юридического факультета Московского государственного университета выглядел настоящим оратором и политиком, что выгодно отличало его от остальных.

Его перевод в Москву был воспринят как давно ожидаемое повышение. Но его снова «посадили» на коров и зерно, правда, в масштабах целой страны. С убыточным сельским хозяйством, которым он заведовал после неожиданной смерти секретаря ЦК Кулакова, он явно не справлялся. Ему хотелось иных масштабов. К тому же все амбиции Горбачева всегда поддерживала и его супруга. И в восемьдесят четвертом году уже было ясно, что он стоит на пороге власти. Черненко был тяжело болен, и врачи не гарантировали ему даже нескольких месяцев жизни.

Горбачев приехал на встречу, лишь бегло просмотрев бумаги, подготовленные Гордиевским. Он начал привычно импровизировать. Если бы госпожа Тэтчер понимала русский язык, она бы сразу смекнула, что он «плавает» по многим вопросам. Но переводчики были достаточно профессиональные и подготовленные люди. Все шероховатости языка Горбачева они убирали. Теперь его ответы поражали своей непосредственностью и смелостью суждений. Она ждала, что он начнет говорить с ней по шаблону, подготовленному для него Гордиевским. Но он вел себя абсолютно иначе. Тэтчер пришла в восторг, это был первый советский лидер, который вел себя столь непосредственно, к тому же не боялся отходить от общепринятых канонов. Хорошее образование, долгая жизнь в сельской глубинке, привычка высказываться более открыто и без шаблонов, амбициозная супруга, зацикленные на своих бумажках партийные чиновники, осторожные дипломаты и разведчики — весь этот комплекс причин сыграл свою роль. Горбачев хотел выделяться. Он и выделялся своим провинциальным говором, своей непоследовательностью, своей непомерной амбициозностью. Он искренне полагал, что знает положение дел лучше других. Тэтчер он понравился, и она заявила на весь мир, что с этим человеком можно иметь дело. Досье Гордиевского сыграло решающую роль.

Через несколько лет Гордиевский сбежит из-под наблюдения и его вывезут в Великобританию. Тогда обнаружится, что бывший резидент внешней разведки, готовивший материалы Горбачеву для встречи с Тэтчер, был английским агентом со всеми вытекающими отсюда последствиями. Но никто об этом не вспомнит. Или им не разрешат об этом вспомнить. Правда, в отношении известного шпиона так и не было принято конкретное решение. Уже после перестройки его семье разрешили выехать в Лондон. Такого не случалось никогда в истории советских спецслужб. Гордиевский начал писать книги, рассказывая о своей судьбе. О нем сняли несколько фильмов. Но никто не вспоминал, как он «помогал» Горбачеву готовиться к встрече. На эти воспоминания было наложено негласное табу. И в Москве, и в Лондоне. Зато Гордиевский оказался одним из немногих агентов, сбежавших на Запад и оставшихся в живых. Он так никогда и не узнал, что лондонская встреча Горбачева с бывшим премьером Великобритании невольно сохранила ему жизнь. Ведь в случае ликвидации Гордиевского пришлось бы вспомнить и этот позорный эпизод из жизни первого Президента Совэтского Союза. Первого, который стал и последним в истории некогда великой страны.

Москва. Россия.
25 мая 2006 года

Он приехал к уже знакомому институту в десятом часу вечера. Караев подумал, что ему отчасти повезло. Если бы он был женат, ему бы пришлось долго и нудно объяснять своей супруге, куда и зачем он уезжает на ночь глядя. Но он жил один, и никого не интересовало, где именно он ночует. Или организация использовала и этот факт, решив пригласить именно его для допроса Николая Жажина.

Он снова спустился на нижний уровень, сдав свой мобильный телефон. Снова прошел длинными коридорами, но на этот раз не в ту комнату, где он беседовал с Иосифом Наумовичем и другим врачом. На этот раз его провели в помещение, где за стеной находился несчастный Жажин, вздрагивающий при каждом шорохе. Иосиф Наумович сидел на стуле за стенкой. Он мог видеть объект своих исследований, а Жажин мог только догадываться, откуда исходит голос. К тому же измененный динамиками.

Караев вошел в комнату, пожал руку Иосифу Наумовичу и сел рядом. Психолог разговаривал с задержанным уже почти целый час.

— Он сильно напуган, — объяснил Иосиф Наумович, кивая в сторону Жажина, — не понимает причины своего задержания. У него почти полностью парализована воля. Неужели когда-то он был вашим коллегой? С такими психоданными он может работать только продавцом мороженого.

— Это только сейчас, — печально пояснил Караев, глядя на съежившегося, словно от незримых ударов, растрепанного маленького человечка. — Он был нормальный человек в другую эпоху. Но время его растоптало. Сначала его уволили из органов, очевидно, по сокращению штатов. Затем он продал одну свою квартиру, потом другую. Мне так рассказывали. Ездил на несколько лет на заработки в Киргизию. В общем, жизнь его сильно побила. Вот он и превратился в такое существо.

— Во всяком случае, он не способен на поступок, — убежденно произнес Иосиф Наумович, — и не мог быть предателем. Сознание собственной вины могло бы раздавить его. Поговорите с ним, и вы сами убедитесь.

Караев взял микрофон.

— Добрый вечер, Николай, — начал он негромко, — я второй человек, с кем вы будете сегодня разговаривать. Вам уже объяснили, что задержание было временным и вам ничего не грозит. Поэтому успокойтесь. Нас интересует несколько вопросов о вашей прежней деятельности. Никаких секретов у вас узнавать мы не будем. Мы их прекрасно знаем. И кем вы раньше работали, мы тоже знаем. Поэтому успокойтесь и отвечайте на мои вопросы.

— Какие вопросы? — почти храбро выкрикнул Жажин. — Я ответил на все вопросы. Что вам еще нужно?

— Не кричите, — строго заметил Караев. — Сегодня вы были на похоронах Слепцова. Павел Слепцов бывший полковник ПГУ КГБ СССР, который работал с вами вместе в Швеции. Вспоминаете?

— Ни с кем я не работал, — пробормотал пораженный Жажин. — Что вам от меня нужно? Кто вы такие?

— Возьмите себя в руки, — посоветовал ему Караев, — вы сегодня были на похоронах. И не нужно так дергаться. Никакие секреты вы не сможете нам выдать спустя двадцать лет после своей работы в Швеции. Даже если очень захотите. Поэтому успокойтесь и отвечайте на мои вопросы.

— Я ничего не помню.

— Не лгите. В день своего исчезновения Слепцов захотел встретиться именно с вами. Сразу после работы он позвонил вам и приехал. И вы точно знаете, зачем он к вам приехал. Может, вы расскажете и нам причину его внезапного желания увидеть именно вас? После разговора с вами он поехал в кафе, где встретился со своим знакомым, полковником Караевым.

— Лучше найдите его, — посоветовал Жажин, — ведь он работал в ФСБ до последнего. А меня выгнали из КГБ еще в девяносто первом, когда разделили разведку и контрразведку.

— Мы это знаем. Но в тот вечер он позвонил именно вам. Почему? Вспомните, о чем вы с ним говорили.

— О нашей работе в Швеции. Его интересовало, кому я мог рассказать о нашей работе. Я честно ответил, что никогда и никому не рассказывал. Мне многие и не верили, когда я говорил, что в восьмидесятые годы был капитаном госбезопасности и работал по линии Внешторга в Швеции. Считали, что я придумываю себе биографию.

— Вы работали вместе с Павлом Слепцовым?

— Он был руководителем нашего направления. И я напрямую ему подчинялся. Но потом меня перевели в Гетеборг, и я уже с ним не виделся.

— Вы выполняли его отдельные поручения?

— Конечно. Раз в неделю я с ним обязательно встречался. У нас были собственные источники и свои информаторы. О них я вам не смогу рассказать даже сейчас. Если вы работники спецслужб, то должны понимать, насколько важны секреты государства.

— Он слишком многословен, — заметил Тимур, поворачиваясь к психологу. — Ему сделали укол?

— Конечно. Поэтому он такой словоохотливый. Иначе бы он вообще не разговаривал, замкнувшись в себе.

— Вы передавали какие-нибудь сообщения Слепцова, минуя официальные каналы? — спросил Караев.

Жажин взрогнул, посмотрел по сторонам и куда-то вверх.

— Да, — сказал он, — конечно, передавал.

— Кому именно?

— В наше посольство.

— Вы не поняли вопроса. Кому еще, помимо официального резидента, вы передавали сведения, полученные от Слепцова? Были какие-нибудь другие линии связи?

— У меня была связь с нашим отделением в Финляндиии, — пояснил Жажин, — я к ним ездил по субботам на пароме. Получал их сообщения, передавал им инструкции. Ездил на границу, но не вступал в контакт с нашими представителями в Финляндии.

— А с кем вы вступали в контакт?

— Это был наш информатор, который считался особо ценным агентом. О нем знали только мы двое. Я и Слепцов. Насколько я знаю, потом этот агент уехал из Финляндии, так мне говорил полковник Слепцов. И сейчас, спустя двадцать лет, вы его не найдете.

— Как его звали?

— Не помню. Мы называли его Дровосек. Я думаю, что он работал в таможне или в пограничных войсках Финляндии. Мы встречались регулярно, один раз в неделю. Я передавал ему наши инструкции и получал от него необходимые сведения. Вся информация шла через Слепцова. Иногда наши встречи проходили раз в две недели, иногда чаще.

— Вы докладывали об этом кому-нибудь, кроме Слепцова?

— Нет. Мы работали только на непосредственном контакте. Я передавал инструкции и получал информацию, которую должен был доставить Слепцову.

Караев переглянулся с психологом и тяжело вздохнул. Кажется, Жажин стал невольным соучастником предательства Слепцова. Тот использовал этого сотрудника в личных целях. Нужно проверить, был ли зафиксирован такой осведомитель, как Дровосек. И даже если был, то это ничего не меняет. Слепцов мог использовать финского информатора в качестве своеобразного почтового ящика, через который пересылал сообщения. И получал инструкции.

— Кто знал о ваших встречах с Дровосеком, кроме Слепцова?

— Я думаю, что никто. Дровосек был особо ценным агентом, о котором мы не должны были информировать нашу местную резидентуру. Только своего куратора. Моим куратором и был Павел Слепцов. Но, насколько я знаю, Дровосек давал очень ценную информацию.

— Ваши сообщения были зашифрованными?

— Да.

— Вы знали шифр?

— Конечно, нет. Я и не должен был его знать. Это было бы нецелесообразно. Я был всего лишь связным.

— Вы работали представителем Внешторга?

— Под «крышей» Внешторга. Тогда практиковались подобные вещи. Все советские учреждения были «крышей» для наших сотрудников. Как и все наши курьерские пункты, представители информационных агентств, газет и журналов. В любой стране мира, где мы работали, нас вычисляли уже через несколько месяцев. Это была такая игра в угадайку. Все знают, что и американцы, и англичане, и французы играют в эту игру. Кроме сотрудников посольства есть много других представителей, которые работают в двух учреждениях «по совместительству». На разведку и на свое учреждение.

— Вы писали отчеты о встречах с Дровосеком?

— Нет. Я только докладывал об этом Слепцову.

— Вы уверены, что никто не знал о ваших встречах в Финляндии?

— Уверен, что знали, — возразил Жажин. — Знал наш резидент в Стокгольме и резидент внешней разведки в Хельсинки. Меня потом несколько раз вызывали во внешнюю контрразведку и спрашивали про Дровосека. Но я не знал, кто этот человек и кем он работал. Моя задача была всего лишь вовремя доставлять информацию.

— У вас были свои информаторы?

— Двое. Но это были обычные торговые агенты. Одного арестовали в девяностом году. Его осудили, кажется, на пять лет. Другой уехал из страны, но его задержали в Дании.

— Значит, оба ваши информатора были провалены? — уточнил Караев.

— Выходит, что так, — негромко признался Жажин, — но это случилось, уже когда меня не было в Швеции. И провалились не только эти двое, но и вся сеть нашей агентуры в стране. Я не знаю, как это случилось, но за своих информаторов я мог отвечать. Это были надежные люди.

— Вам не кажется, что кто-то мог выдать всех ваших информаторов?

— Я об этом много думал. Но если их выдали, то сделали очень умно. Дождались, когда я уеду. И только потом их обоих взяли. Я не думаю, что шведы ко мне так хорошо относились.

— Поясните, что вы хотите сказать?

— Получается, что шведская контрразведка специально выжидала и не трогала именно моих информаторов, тогда как вся сеть была полностью парализована. Но это невозможно. Я не занимал такого большого положения в нашем представительстве в Швеции. И ради меня они бы не пошли на такую игру. Я думаю, что это обычное совпадение.

— Вы не подумали, что вас сознательно оберегали?

— Именно об этом я и подумал. Но такого не могло быть в принципе. Шведы знали, что я слишком незначительная фигура, чтобы вести со мной такую сложную игру.

«Не с ним, — убежденно подумал Караев, — конечно, не с ним». Теперь все становится ясным. Они намеренно не трогали информаторов Жажина, чтобы не вызывать подозрений у советской стороны. Слепцов использовал Жажина в качестве источника связи с этим Дровосеком, который вполне мог быть двойным агентом или вообще не агентом. Но структура резидентуры была построена таким образом, что знать об этом обычный офицер Жажин не имел права. Это была прерогатива самого Слепцова, который мог даже указывать в своих донесениях о получении ценной информации от одного из своих агентов. Они не трогали информаторов Жажина, чтобы оберегать Слепцова. В разведке подобное часто происходит, иначе Слепцова могли бы быстро вычислить.

— Скажите мне, Николай, вам никогда не казалось, что Слепцов использовал вас для своих личных целей?

— Нет. В те времена все были идейными. Мы верили в идею, за которую работали. Нет. Меня никто не мог использовать.

— Что говорил вам Слепцов в последний вечер, когда вы с ним виделись?

— Спрашивал о жизни. Жаловался, что устал. Постарел. Я его успокаивал. Потом я взял у него взаймы тысячу рублей. У меня сейчас проблемы. Но я верну деньги его вдове...

— Он не спросил, зачем вам деньги?

— Нет. Он дал мне деньги. Две пятисотрублевки. А потом еще улыбнулся и сказал, что он мой должник. Но я понимаю, что он вспомнил нашу хорошую работу в Швеции и таким способом просто благодарил меня за наше сотрудничество.

— Он так и сказал, что «ваш должник»?

— Да, — кивнул Жажин, — но я так не считаю. Мы все работали на благо...

Он еще продолжал говорить. Караев откинулся на спинку стула, достал носовой платок, вытирая лицо.

«Он его использовал, — понял Тимур, — все так и было. Поэтому во внешней контрразведке не смогли выйти на возможного связного Слепцова и его контакты с зарубежными разведками. Слепцов выстроил почти безупречную систему связи, при которой использовал возможного двойного агента, с одной стороны, и своего связного — с другой. Внешне все выглядело благопристойно. Получение информации, передача инструкции. На самом деле все могло быть с точностью до наоборот. Это сам Слепцов получал инструкции, пересылая нужные сведения. Именно поэтому они так оберегали информаторов Жажина, чтобы не подставлять самого Слепцова».

Он взглянул на Иосифа Наумовича. Тот понял по его взгляду, что допрос закончен.

— Что-то выяснили? — уточнил психолог.

— Похоже, что да. Вы его отпустите?

— Только завтра вечером. Но он не будет помнить о нашей встрече. Только отрывочные воспоминания. Завтра он вернется к себе домой. И ему будет казаться, что все происшедшее с ним всего лишь кошмарный сон.

— Ясно. Со мной вы тоже проделывали подобные трюки? Может, меня сюда часто приглашали, а потом стирали мне память?

— Нет, — усмехнулся Иосиф Наумович, — стереть память практически невозможно. Это только в фантастических фильмах можно стереть определенные дни, оставив остальные нетронутыми. Наш мозг исключительная конструкция, и любое вмешательство в его работу чревато самыми серьезными последствиями. Здесь важна ювелирная точность. Можно заставить человека поверить, что его встречи не было. Можно заставить забыть о каком-то событии. Но подсознательно он все равно будет об этом помнить. Даже видеть сны о таком событии. Полностью стереть память невозможно. Конечно, я не говорю о посттравматических случаях, когда человек лишается памяти. Но здесь как раз все понятно. Любое вмешательство извне вызывает сбой в работе мозга и сильно влияет на наш интеллект. Ведь наша память — это совокупность нашего опыта и интеллекта. Любое выпавшее звено автоматически означает нарушение работы всей системы. А ваш интеллект, полковник Караев, нам чрезвычайно важен. Я ответил на ваш вопрос?

— Спасибо. Что мне делать?

— Поезжайте домой. Примите ванну. И забудьте о сегодняшнем разговоре. Сами забудьте. Если вы не должны никому о нем рассказывать. А если должны, то расскажите и снова забудьте. Сами. Так будет гораздо удобнее.

— Я все понял. До свидания. — Он пожал руку психологу, взглянул на Жажина, сидевшего с другой стороны стены, и вышел из комнаты.

Он поднялся на другой уровень, когда его позвали к телеофну. Это был генерал Попов.

— Вы допросили Жажина? — строго спросил он. — Какие у вас выводы?

— Очевидно, Слепцов использовал Жажина в качестве своеобразного «почтового ящика», — пояснил Караев. — Вполне вероятно, что без ведома самого Жажина. Оба его информатора были почти одновременно арестованы уже после того, как Жажин покинул Швецию. Это похоже на спланированную акцию. Нужно поднять и проверить все сообщения Слепцова по агенту Дровосеку, с которым встречался Жажин. Но я уже сейчас на девяносто процентов уверен, что эта был двойной агент. Либо подставленный для связи агент американцев.

— Вы хорошо поработали, — похвалил его генерал, — спасибо. Можете отдыхать. В понедельник вам нужно будет подать заявление об увольнении. Все остальное мы продумаем. До свидания.

— До свидания. — Он положил трубку внутреннего телефона и поспешил к лифту. На таком расстоянии под землей он чувствовал себя не совсем уверенно. Чистый воздух показался ему особенно вкусным. Он прошел к своей машине и медленно отъехал. Обернувшись, он увидел громаду здания, казалось, нависшую над ним. В окнах не было света, разве может кто-нибудь работать в такое время суток в «обычном» научно-исследовательском институте. На часах был уже первый час ночи.

Сан-Франциско. Штат Калифорния. США. 26 мая 2006 года

Среди всех агентов, которые перебрались на Запад за последние пятьдесят лет, особняком стояло дело Эдуарда Скобелева. Он родился в шестьдесят пятом в Киеве. Его отец был обычным маляром, работавшим в небольшой строительной конторе, находившейся рядом с домом. Мать не работала, воспитывая трех сыновей. Эдуард был старшим. Его еще в школе называли «выдумщиком». Он придумывал невероятные истории, в которые иногда сам верил.

Когда его спрашивали про отца, он уверял всех, что его отец известный художник, картины которого продаются по всему миру. Но отец всегда занят и поэтому живет в Москве, а они с братьями остаются в Киеве. Некоторые верили. Большинство смеялись, видя его короткие брюки и куцые пиджачки, которые они с братьями носили до самых дыр. Ему еще повезло, он был старшим. И поэтому передавал свою одежду младшим братьям.

Он ненавидел свою жизнь с самого детства. Ему казалось, что он должен был родиться в семье известных ученых или писателей, которые помогли бы ему получить пропуск в ту жизнь, которую он иногда видел в соседнем дворе. Это был дом, выстроенный для партийных чиновников. Детей возили в элитные школы на машинах. Они всегда носили такие красивые светящиеся ранцы, у них были такие модные джинсы.

Но он мог смотреть на этих детей только из-за решетки. В этот двор таким, как он, путь был заказан. Он даже поменял себе фамилию, когда ему исполнилось шестнадцать лет. Они были по отцу Сколевы, а он заменил эту неблагозвучную фамилию на благородную — Скобелев. Поменял даже имя — вместо Антона стал Эдуардом. О генерале Скобелеве он прочитал в учебнике истории. Школу он закончил с тремя четверками и решил поступать в какой-нибудь московский вуз. Но денег на дорогу у отца не было. С мечтой нужно было подождать. К тому же в восемьдесят втором году, когда он закончил школу, уже забирали в армию даже из институтов. Сказывались страшные демографические потери страны в сороковые годы, когда в шестидесятых детей родилось в два раза меньше обычного.

Но и в армию ему идти не хотелось. Зато языки ему давались хорошо. Он бегло говорил по-немецки, неплохо знал английский. Он и поступил в институт военных переводчиков. С одной стороны, отсюда не брали в армию, так как они считались курсантами, а с другой — платили хорошую стипендию и учили языкам. В институте он сразу стал членом комитета комсомола, через три года его даже приняли в партию. Он был самым молодым коммунистом в институте и очень гордился этим обстоятельством. После окончания института ему предложили работать в военной разведке, и он сразу согласился. Отсюда можно было вырваться из своей прежней жизни, стать богатым и независимым, реализовав свою мечту.

Больше всего на свете он хотел иметь загородный дом, машину, красавицу-жену и жить так, как жили все эти миллионеры на Западе. К этому времени он уже начал выезжать за рубеж. Жизнь в Европе потрясла молодого человека. Он понял, что это не просто мечта. Это настоящая жизнь, которая может стать реальностью. Этот Западный рай, этот Западный зной, под солнцем которого можно быть абсолютно счастливым человеком.

Скобелев получил направление в Германию и пробыл там два года. В восемьдесят девятом, когда он вернулся в Москву, на улицах уже бушевали страсти. Был первый съезд народных депутатов, Ельцин был объявлен знаменем демократической борьбы, все жаждали перемен.

Старший лейтенант Скобелев тоже жаждал перемен. Но только в своей собственной жизни. Он понимал, что на этой службе ему не добиться особых дивидентов. У него не было ни связей, ни нужных знакомств, чтобы получать новые назначения за границу и досрочные звания. Но он имел пробивной характер, умел просчитывать варианты и делать верные выводы. Поэтому он неожиданно написал заявление и попросил его перевести в Девятое управление КГБ СССР. Его долго отговаривали, ведь служба в разведке считалась элитной, а работа в Девятом управлении была для обычных телохранителей, охранявших тела престарелых бонз. Но Скобелев настаивал. И его перевели в Девятое управление. Уже через год он был прикреплен к семье одного из кандидатов в члены Политбюро. Сам пожилой «кандидат» и его старая жена с трудом передвигались на ногах. Но зато их дочь, сорокалетняя особа, перекрашенная под блондинку, уже два раза успевшая побывать замужем и развестись, отличалась завидной энергией.

Не прошло и нескольких месяцев, как она сделала своим любовником двадцатипятилетнего Скобелева. И он сразу получил капитана. В девяносто первом митинги шли уже по всей стране, начались перебои с поставками продуктов, забастовки шахтеров, в Закавказье шла настоящая война между двумя республиками. Вся прежняя жизнь летела в никуда.

Он бросил свою дамочку сразу после августа девяносто первого, когда запретили Коммунистическую партию, верным адептом которой был ее отец. Скобелев решил, что настало время выбора. Он выступал на собраниях, критиковал старую власть, демонстративно сжег свой партийный билет. Его заметили. Уже в конце девяносто первого ему предложили работу в аппарате Верховного Совета. Он ушел в отставку в должности капитана за несколько дней до развала самого Комитета государственной безопасности, когда бывшее Девятое управление стало Службой охраны Президента.

В девяносто втором в стране началась неслыханная инфляция, цены подскочили до немыслимых высот. Именно в этот момент ему предложили вернуться уже в Федеральную службу охраны. Он так и сделал, вернувшись к своей прежней работе уже у нового, демократически избранного Президента. И довольно быстро получил звание майора. В девяносто третьем он снова сделал верный выбор, когда в столкновениях Президента с парламентом выбрал высшую исполнительную власть. Он был одним из тех, кто штурмом брал Белый дом, издеваясь над бывшими парламентариями, вообразившими себя высшей законодательной властью в стране.

В девяносто четвертом ему предлагают работу начальника отдела в Росвооружении. Это уже должность, на которой можно иметь очень неплохие деньги. Ему присваивают звание полковника в двадцать девять лет. Учитывая его заслуги перед демократическим движением, Скобелеву поручают вести самые сложные переговоры, которые он с блеском проводит. Через год он уже обеспеченный человек, ему идут проценты с каждого контракта, с каждой партии купленного оружия. Это время авантюристов и демагогов, когда звание генералов получают случайные люди, а членами правительства становятся после банных посиделок.

В тридцать лет полковник Скобелев уже не просто богатый человек. Он одно из самых доверенных лиц новой власти в Росвооружении. Еще через полгода он становится заместителем руководителя этой организации и курирует все секретные поставки оружия. В конце девяносто пятого он покупает себе дом в Испании, осуществляя свою давнюю мечту о том самом белом загородном доме.

Он еще не женат. Ему нужно присмотреться и продать себя подороже. Ему нужна девушка из хорошей семьи, чтобы она стала трамплином для его продвижения наверх. Но таких девушек все меньше и меньше. Скобелев терпеливо ищет. Он не торопится, понимая, как важно не ошибиться. В начале девяносто шестого года Президент объявляет, что идет на выборы.

Тогда всем казалось, что это очевидная ошибка. Рейтинг Президента всего несколько процентов. Рейтинг лидера оппозиции зашкаливает за тридцать процентов. Крах кажется неминуемым. Избирательный штаб Президента возглавляет вице-премьер, курирующий в том числе и вопросы поставок оружия. Ему помогают всесильный руководитель личной охраны Президента и директор ФСБ. Но рейтинг Президента почти не растет.

Собравшаяся в Давосе группа бизнесменов излагает свои условия. Они готовы помочь деньгами и людьми новой власти взамен на залоговые аукционы, на которых большая часть имущества огромной страны будет передана им за бесценок. Президент соглашается на все. С огромным трудом он переползает первый тур, набрав чуть больше лидера оппозиции. Но третьим на финиш приходит популярный генерал со своим громким командным голосом и строгим видом.

Генералу предлагают союз, и он сразу соглашается. Кажется, что во втором туре они сумеют победить. Но в самый разгар выборов первый штаб решает нанести главный удар. По приказу руководителя личной охраны Президента и директора ФСБ почью арестованы двое чиновников, которые выносили из дома правительства коробку с деньгами. Кажется, появился шанс отстранить этих людей от выборов. Скобелев всецело на стороне генералов, которые хотят спасти страну от разграбления. Но второй штаб наносит упреждающий удар по первому. Они подключают дочь Президента, уговаривая ее отстранить генералов от выборов и лишить их должностей. Только в этом случае Президент сможет гарантированно избраться на второй срок.

Скобелев был в первом штабе, когда пришло известие о снятии с работы всех руководителей: первого вице-премьера, директора ФСБ, даже начальника личной охраны Президента и близкого друга его семьи. Скобелев в числе тех, кто будет немедленно уволен новой властью. И здесь происходит страшное. Президент с инфарктом попадает в больницу. Все телеканалы перекрывают доступ оппозиции к телевидению и радио. Несмотря на все попытки оппозиции заявить о случившемся, их просто никто не слушает.

Президент находится в больнице, а этот секрет скрывают от миллионов его избирателей. Во втором круге устраивают массовую истерию, отбросив всякие представления о честной борьбе. Руководители регионов получают конкретные инструкции о процентах голосов, которые должен набрать действующий глава государства. И ему удается победить и во втором круге.

Скобелева отстраняют от должности. Но он уже богатый человек. К тому же, предвидя такое развитие событий, он переводит еще несколько миллионов долларов, полученных от очередной сделки с оружием, в офшорную зону. Теперь остается только сделать ручкой прежней стране и прежним друзьям. Но просто так переезжать на Запад нельзя, его могут элементарно выдать, попутно конфисковав все его деньги.

Он предлагает свои услуги американцам. Его информация по новейшим видам вооружений становится ценой его безопасности. Уже в конце девяносто шестого он перебирается на Запад. С девяносто седьмого он гражданин Америки, живущий в Европе по несколько месяцев. Он покупает себе еще один дом в Сан-Франциско, находит красавицу-жену, наполовину китаянку, наполовину немку. У него три роскошных автомобиля, дом в Испании, дом в Калифорнии и небольшая яхта, припаркованная в американском яхт-клубе. У него рождаются сын и дочь. Через десять лет после переезда в США он богатый и уважаемый человек. Его мечта осуществилась, он попал в Западный рай, он почувствовал этот Западный зной, его опалило солнце свободы. Этот уик-энд он проведет в Калифорнии один, а затем полетит к себе на виллу в Испанию. У него впереди большие планы. Но настроение ему испортили несколько дней назад внезапно появившиеся агенты ЦРУ. Сначала он не мог им даже поверить, рассчитывая, что все это шутка... И только постепенно он осознал, что ему действительно грозит опасность. Реальная опасность, о которой он не думал вот уже много лет.

Санкт-Петербург. Россия.
27 мая 2006 года

Такого с ним никогда не случалось раньше. Но в субботу утром, проснувшись в своей постели, он долго лежал с открытыми глазами, вспоминая, как неделю назад именно в это время она ушла из его квартиры. Прошла целая неделя. Целую неделю он провел без женщины, рядом с которой хотел бы все время находиться. Целую неделю. Он поднялся, прошел в ванную комнату. Ее можно понять. Наверно, он так же ринулся бы в другой город, если бы с его сыном случилось нечто подобное. Ее можно понять. А его самого? Ведь у него есть время до понедельника, когда он должен оформить свое увольнение и приступить к новой работе в организации. У него есть еще два дня.

Тимур брился, глядя на себя в зеркало. Почему он сомневается, почему он ведет себя так непоследовательно? В его возрасте нужно уметь принимать более конкретные решения. Или он боится? Да, он боится резко изменить свой образ жизни. За последние годы он уже привык к этой холостяцкой тишине в квартире, к своему одиночеству, когда можно спокойно посидеть в кресле, размышляя о происшедших событиях. Он привык ко множеству вещей, которые окружают его в доме и всегда находятся там, где он их оставил. Он привык к своему распорядку дня, к своим мелким капризам, которые никто не видит и о которых никто не узнает.

Он любит принимать два раза в день душ, рано просыпаться, делать энергичную зарядку. Он любит много вещей, и еще большее количество вещей его раздражает. И он должен в пятьдесят шесть лет полностью поменять свой ритм жизни. Готов ли он к этому? Или в его возрасте уже невозможны перемены? Кажется, японцы разработали новую методику определения возраста. До сорока пяти лет молодой, до шестидесяти пяти человек среднего возраста, до семидесят пяти уже пожилой, сверх этого возраста — старый человек. Значит, он еще в среднем возрасте, хотя чувствует себя гораздо лучше. Почему он колеблется, почему так долго размышляет?

Караев вышел из ванной, прошел в спальню, сделал несколько энергичных приседаний. Затем начал отжиматься. Закончив зарядку, он прошел в ванную комнату, принял почти холодный душ, позавтракал. И начал одеваться. Он принял решение. Если вспомнить, сколько лет он не был в Санкт-Петербурге, то можно только удивляться, почему он не ездил в этот город, красотой которого был поражен еще сорок лет назад. Или чуть позже? Он впервые увидел Санкт-Петербург в пятнадцать лет. Да, это было сорок лет назад. В шестьдесят пятом. Летом шестьдесят пятого. Стояли приятные прохладные дни. Они приехали с родителями в начале июля, когда дни бывают практически растянутыми на все сутки, а короткие ночи даже не замечаешь. Ему так понравился этот город с его просторами, с его отражающимися в воде дворцами и шпилями, с его энергетикой, задуманный изначально как столица великой империи.

Нужно подумать о гостинице, вспомнил Караев. Хотя, наверно, на субботу и воскресенье легче найти отель, чем в другие дни. Но об этом он будет думать уже в Северной столице. Он собрал свои вещи. Бритва, две свежие сорочки, белье, запасная пара носков. Он сложил все в сумку и огляделся. Кажется, он может совершить свое путешествие. Тимур вышел из дома, закрыв за собой дверь.

Он приехал в Шеремтьево, еще не имея билета. И с удивлением узнал, что все билеты проданы. Однако в «Аэрофлоте» ему предложили одно место в бизнес-классе, и он согласился. Обратный билет он взял на завтрашний вечер. Полет продолжался менее часа. Когда самолет приземлился в Санкт-Петербурге, он почувствовал некоторое волнение, как будто он прибыл на первое в своей жизни свидание. Он увидел стойку с надписью «Резервация отелей» и поспешил туда, чтобы заказать себе номер в гостинице. Цены в отелях его изумили. Они были совсем не дешевле московских, но на них распространялась скидка на уик-энд, когда цены в субботу и воскресенье были немного ниже, чем в остальные дни.

За номер в «Астории» нужно было заплатить двести пятьдесят долларов. Абсолютно неслыханная цена. С другой стороны, отель был в центре города и он мог прогуляться по любимым местам. Пусть будет двести пятьдесят, решил он, давая номер своей кредитной карточки для заказа комнаты. В город он приехал на автобусе, затем пересел на такси. Такие знакомые места. Кажется, помнишь о них все время. Он закрыл глаза. Сколько лет он уже здесь не был. Шесть? Семь? Нет. Одиннадцать лет. Последний раз он был здесь в девяносто пятом. Как много лет прошло с тех пор.

В отеле ему выдали номер с видом на улицу. Он открыл окно. Как хорошо, что он выбрал именно этот отель. Караев вернулся к столу и набрал номер Элины. Она сразу ответила.

— Здравствуй, — сказал он, — как у тебя дела? Мы можем увидеться?

— Только на следующей неделе, — чуть виноватым голосом произнесла она. — Мы уже забрали мальчика из больницы, и я, наверно, смогу на следующей неделе прилететь в Москву.

— Может, нам увидеться в Санкт-Петербурге? — улыбнулся Караев.

— Это было бы идеально, но, к сожалению, невозможно. У тебя свои дела в Москве, а я должна оставаться пока здесь. Ничего. Я думаю, что на следующей неделе...

— Я в «Астории», — сообщил он, — приехал только для того, чтобы увидеть тебя. Я могу тебя увидеть?

— Почему ты сразу об этом не сказал? — крикнула она. — Я сейчас к тебе приеду. Какой у тебя номер?

Он назвал номер и положил трубку. Поднялся.

Прошел по комнате. Неужели он так волнуется? Как-будто первое свидание в жизни. Элина ему нравится. Нет, не просто нравится. Это больше, чем просто нравится. Он чувствует, как она уже стала частью его жизни. Ему хочется видеть это лицо, слышать ее голос, смотреть в ее красивые глаза, ощущать запах ее тела. Неужели все это обычная химия и инстинкт к размножению. Неужели мы животные в еще большей мере, чем все остальные? И наши поэты, воспевающие чувства, композиторы, создающие оды любви, художники, прославляющие прекрасных незнакомок, — всего лишь дань нашим животным подсознательным инстинктам. Не может этого быть.

Он взглянул на себя в зеркало. Поправил волосы. Кажется, он начал смотреться в зеркало чаще обычного. И он чувствует некоторое волнение, как будто боится проявить свою несостоятельность во второй встрече с ней. Господи. У них сегодня будет только вторая встреча в жизни. Только вторая. А ему кажется, что он знал эту женщину уже много лет.

Тимур подошел к дверям, прислушался. Так быстро она, конечно, не сможет приехать. Но она приедет так быстро, как сможет. В этом он почему-то не сомневался. Что ему делать? Как себя вести? Почему он не купил хотя бы цветы? Не заказал шампанского в номер? Нужно было подумать об этом раньше. Как глупо он себя ведет. Приехал навестить любимую женщину в ее город с пустыми руками.

Он заметался по номеру. Можно заказать шампанское в ресторане, пусть принесут в номер. Можно заказать и цветы. Здесь все можно заказать. Он подошел к телефону и поднял трубку. Затем, улыбнувшись, опустил трубку обратно. Зачем он суетится? Они могут спуститься вниз и вместе пообедать. Или поужинать. Он даже не знает, захочет ли она остаться в его номере. Захочет ли вообще с ним встретиться? Неужели он волнуется? И ему так важно, чтобы она согласилась остаться с ним в номере. Он ведет себя как нетерпеливый мальчишка. В его возрасте... Какой возраст, она ему нравится. Он хочет, чтобы она была рядом. Он хочет целовать каждый сантиметр ее тела, каждую клетку.

Если она не сможет с ним встретиться, он поймет. Возможно, она не может оставить своего сына надолго, возможно, что у нее полно дел и он оторвал ее от важных проблем. Все возможно. Но сейчас она постучится и войдет в номер. И он снова испытает то самое чувство, которое охватывает его каждый раз, когда он видит и слышит ее рядом с собой. В дверь постучали. Он поспешно подошел к дверям, открыл их. На пороге стояла Элина. Она была в сером платье, волосы рассыпались на плечи. Она ему улыбалась. Он протянул руку, буквально втягивая ее в номер. И утонул в аромате ее дивных волос.

Он не помнил, что произошло потом. Они целовались, обнимая друг друга. Или он прижимал ее так сильно, что невольно вызвал у нее стон. Он помнил, как они целовались и как раздевались, словно молодые влюбленные, разбрасывая вещи по всей комнате. А потом они занялись любовью. Как пошло звучит — «занялись любовью». Любовью нельзя заниматься, ею можно жить. Занимаются сексом или удовлетворением половых потребностей друг друга. Но в этот день филологические изыски были бы нарушены. Они именно занимались любовью. Он любовался ее телом, проводя пальцем по каждой извилине ее молодого упругого тела. Она отдавалась страсти с таким неистовством, словно много лет ждала именно его.

Потом они долго лежали, взявшись за руки и глядя в потолок. Он повернулся и вдруг увидел слезы в ее глазах. Приподнялся, встревоженно глядя на Элину.

— Что случилось? — спросил Тимур. — Почему ты плачешь?

— Я думала, что у меня ничего больше не будет, — призналась она, не глядя на него, — я считала, что в моем возрасте пошло и глупо искать подходящего мужчину.

— Какой у тебя возраст. Ты молодая и красивая женщина, — мягко возразил он.

— Это ты нарочно говоришь, — улыбнулась Элина, — не забывай, что у меня взрослый сын.

— У меня тоже взрослый сын. И я могу тебе сказать, что за всю мою жизнь я не встречал более молодой и красивой женщины, чем ты. Как ты думаешь, будет правильно, если я прямо сейчас попрошу тебя выйти за меня замуж?

— Своеобразное предложение, — прошептала

она. — Ты не мог подождать, пока мы хотя бы оденемся?

— Это будет слишком поздно. Ты можешь выйти за меня замуж?

— Нет, — выдохнула она, — и ты прекрасно все понимаешь. Я не могу сейчас разводиться с мужем. Хотя бы ради сына. Пусть он немного успокоится, выздоровеет. Тогда все и решим. Я не хочу его сейчас травмировать.

— Тогда обещай, что через три месяца ты будешь моей женой, — настаивал Караев.

— Ты думаешь, что все так просто? Не забывай, что ты холостой мужчина, а я замужняя женщина. И даже мой приход к тебе в номер с точки зрения общепринятой морали...

— Плевал я на общепринятую мораль, — отмахнулся Тимур, — я тебя люблю. Кажется, я тебе об этом уже говорил. Слова стираются от их частого употребления, но это тот случай, когда я могу повторять их вновь и вновь. Я хочу, чтобы ты была всегда рядом со мной, чтобы я слышал твой голос, ощущал рядом твое тело, видел твои глаза, чувствовал запах твоих волос. Разве я так много хочу?

— Через два или три свидания вас потянет на молодых, господин полковник, — насмешливо сказала она. — У вас просто слишком много нереализованной потенции. Сказываются годы отшельнического затворничества.

— Хватит. — Он прижал ее к себе, утыкаясь в ее волосы. — Ты не ответила на мое предложение.

— Разве? Я уже сказала «нет».

— Ты сказала «да», — возразил он. — Ты сказала, что готова выйти за меня замуж, когда поправится твой мальчик. Я думаю, нам нужно познакомить наших ребят.

— Наверно, нужно, — вздохнула она. — Как подумаю, что могла его потерять... Я проснулась вчера ночью вся мокрая. Оказывается, я плакала во сне. Можешь себе представить? Потом мне сказали, что ему очень повезло. Он мог сломать себе шею и погибнуть на месте. Я бы сошла с ума, Тимур. Я бы просто сошла с ума. Можно я задам тебе один личный вопрос?

— Сначала нужно одеться, — усмехнулся Тимур, — а уже потом мы будем решать личные вопросы. Или это такой вопрос, который можно решить именно в таком положении.

Он обнял ее за плечи.

— Подожди, — сказала она, мягко высвобождаясь, — это очень серьезно. Ты действительно хочешь, чтобы я вышла за тебя замуж?

— Я об этом мечтаю. Или ты сомневаешься?

— Нет. Ты мне очень нравишься. Иначе я бы сюда не приехала. Ты нравишься мне настолько, что я ощущаю себя маленькой шаловливой девочкой. Как будто сразу сбросила лет двадцать или еще больше.

— Надеюсь, не больше. Иначе меня обвинят в совращении несовершеннолетней, — пошутил Караев.

— Нет, я серьезно. — Она взглянула ему в глаза. — Я хочу очень серьезно тебя спросить, Тимур Караев. Ты все продумал? Ты действительно хочешь, чтобы мы создали семью?

— По-моему, я мечтаю об этом. Что мне еще нужно сделать, чтобы ты поверила в искренность моих намерений?

— Нет, ты не понял. Я не сомневаюсь, что ты действительно хочешь, чтобы я стала твоей женой. Но ты понимаешь, что у нас должна быть настоящая семья? Ты это понимаешь?

— Я не понимаю, что тебя так волнует? Конечно, семья. Я все понимаю. Ну и что?

— Тимур, — как-то загадочно произнесла она, — когда любишь мужчину, хочешь родить для него ребенка. Это моя мечта. Ты меня понимашь? Я хочу родить. Родить от тебя. Мне уже за сорок. Мой последний шанс. Я хочу иметь еще одного ребенка. Я к этому готова, я к этому шла уже много лет, решив для себя, что как только найду подходящего кандидата, так сразу и рожу. У нас с мужем не все получалось. У меня отрицательный резус-фактор, и больше одного ребенка мне не советовали иметь. Хотя сейчас есть лекарства, которые подавляют этот фактор, но я боялась их принимать. Очень боялась. У моего дедушки был младший брат. Он страдал эпилепсией. Я боялась, что это может передаться и моим детям. Помнишь, я спросила, какая у тебя группа крови? Когда ты сказал, я подумала, что это судьба. У меня первая отрицательная, а у тебя третья отрицательная. Почти идеальное сочетание. Как видишь, это не только судьба, но еще и наука. Я хочу родить. Хочу родить от тебя ребенка. Как ты думаешь, это не слишком большое желание?

— Вот почему ты меня любишь? — грозно сказал Тимур. — Значит, если бы у меня была другая группа крови...

— Дурачок, — сказала она, мягко улыбнувшись, — какая бы группа крови у тебя ни была, я бы все равно хотела родить именно от тебя. Только от тебя. Я ответила на ваше предложение, полковник Караев, или вы все еще недовольны моим ответом?

Сан-Франциско. Штат Калифорния. США. 27 мая 2006 года

Скобелев помнил свой разговор со специальным агентом Джеймсом Крейгом, который приехал к нему всего несколько дней назад. Он рассказал ему о появлении в Америке пары «ликвидаторов», которые начали методичный отстрел бывших сотрудников советских спецслужб. И если одного они закололи ножом, то остальных четверых пристрелили. Ему показали фотографии, но он никогда не видел этих людей. Он вообще давно не работал в разведке, с тех пор как перешел в Девятое управление КГБ СССР. И он лично никого не сдавал. Если не считать новейшие системы вооружений, которые он сдал американцам. Но это техника, а не живые люди. И вообще, почему «ликвидаторы» должны приезжать именно за ним? Его раздражала подобная постановка вопроса.

Ему установили в доме какие-то приборы, рядом поставили машину, в которой все время находилось несколько сотрудников ЦРУ. По утрам он смотрел в их сторону, раздражаясь все больше и больше. В конце концов, он американский гражданин и они обязаны его охранять, с этим он согласен. Но почему они считают, что «ликвидаторы» полезут именно сюда, чтобы наказать именно его? Такая постановка вопроса его очень обижала. А сегодня утром Крейг позвонил ему и сказал, что прилетает в Сан-Франциско по весьма важному поводу. Поэтому Скобелев отложил все свои дела и всю субботу ждал своего гостя, все время поглядывая на улицу. Наконец в четвертом часу дня Крейг появился в его доме. Он уже приезжал сюда раньше, и Скобелев запомнил этого высокого и седовласого агента, больше похожего на профессора института, чем на специального агента ЦРУ.

— Вы снимаете наблюдение? — встретил его вопросом Скобелев. — Я вам говорил, что они здесь не появятся. И здесь все слышно. Если они начнут стрелять, их услышат соседи, и тогда этим «ликвидаторам» никуда не уйти.

— Мистер Скобелев, — перебил его Крейг, — за эти дни они совершили еще одно преступление. Даже два. В Малаге был убит бывший сотрудник КГБ майор Нерсесян, а в Нью-Йорке застрелили бывшего полковника военной разведки Евгения

Ползунова. Они действуют как хорошо смазанная машина. У нас осталось несколько человек, которых мы обязаны охранять. Вы один из них.

— Судя по всему, ваша охрана этим ребятам не помогла? — усмехнулся Скобелев. — И теперь вы решили, что нужно более тщательно охранять именно меня?

— Нет, — ответил Крейг, — ни одна охрана не сможет остановить «ликвидаторов», если они решили действовать. Если только мы не придумаем, как их остановить.

— И вы придумали? — поинтересовался Скобелев.

— У нас есть план, — пояснил Крейг. — Во-первых, мы хотим полностью гарантировать себя от любых неудач. Во-вторых, нам важно обеспечить вашу полную безопасность, а в-третьих, мы должны взять «ликвидаторов», чтобы понять, кто и зачем их прислал в нашу страну. Если это русская разведка, то почему они организовали столь недружественную акцию, прикрывая ее своими убийцами. А если нет, то кто? И зачем именно сейчас, в преддверии Большого саммита, который должен состояться у них в России, в Санкт-Петербурге?

— Там одна рука может не знать, что делает другая, — улыбнулся Скобелев. — Теперь расскажите мне ваш план. И я подумаю, как мне поступить. Может, вы действительно придумали такой хитроумный план, что мне следует согласиться.

— Вам следует согласиться, — сказал Крейг, излагая план ЦРУ. Скобелев сначала недоверчиво его слушал, но затем пришел в восторг. Самое главное, что этот план гарантировал его от всяких неприятностей.

— И дополнительная страховка на мой дом, имущество и мою жизнь, — добавил Скобелев.

— Но у вас уже есть страховка на дом и имущество, — возразил Крейг, — мы все проверили.

— Значит, будет еще одна, — невозмутимо заявил Скобелев. — Вы хотите, чтобы я вам помогал бесплатно? Это Америка, сэр, страна чистогана. «В Бога я верю, а остальное наличными». Так, кажется, говорят в этой стране. Вы ведь пишете на своих деньгах, что верите в Бога.

— Хорошо, — сдержанно сказал Крейг, — я обговорю ваши дополнительные условия с моим руководством. Думаю, что они согласятся. Нам нужны ключи от ваших машин и от вашего дома.

— В любое время, — улыбнулся Скобелев. — И вообще вы очень мне понравились, специальный агент Крейг. Надеюсь, что ничего страшного здесь не произойдет и все будет в порядке?

— Я тоже на это надеюсь, — проборотал Крейг. — Значит, договорились? Мы приступаем немедленно. А насчет дополнительной страховки я вам перезвоню сегодня вечером.

Скобелев ухмыльнулся. С этими американцами иначе не получается. Они привыкли учитывать только «чистую прибыль». План Крейга ему понравился, и он охотно дал свое согласие на его осуществление. Он даже не мог себе представить, что вчера утром в Сан-Франциско уже прибыла новая пара «ликвидаторов», заменившая уехавшего Роберта и его напарницу. На этот раз в Сан-Франциско прибыл канадский бизнесмен Йен Модлинг и его секретарь мистер Энтони. Оба гостя остановились в одном из лучших отелей города, расположенном в самом центре, — «Сен-Френсисе». Он даже не мог себе представить, что в этот момент они говорили как раз о нем. Рано или поздно подобное должно было случиться. И агенты ЦРУ должны были пересечься с прибывшими «ликвидаторами». Других вариантов просто не было. Всем оставшимся в живых бывшим советским агентам дали персональную охрану и усилили наблюдение. В ЦРУ уже знали о предполагаемой отставке Госса, которого должен был заменить другой директор. Но операция должна была продолжаться, кто бы ни встал во главе ЦРУ. И она продолжалась во всех городах, где находились бывшие агенты советских спецслужб. Но ни Крейг, ни Скобелев и ни прилетевшие в Сан-Франциско «ликвидаторы» не могли себе даже представить, каким кровавым окажется завтрашний день.

ИЗ ИСТОРИИ СПЕЦСЛУЖБ

Одиннадцатого сентября две тысячи первого года Америка испытала шок. А за ней шок испытал весь мир. Самое могущественное государство в мире, чья экономика позволяла ему диктовать условия всему остальному человечеству, чья армия считалась самой грозной из когда-либо существовавших в истории цивилизации и способной стереть с лица земли все живое, чья валюта стала символом свободного предпринимательства, чьи законы считались образцом демократического правления, чья политическая система была раз и навсегда признана лучшей, вдруг подверглась неслыханной атаке горстки террористов.

Продуманная и хорошо организованная акция потрясла мир. Оказалось, что самая могущественная страна беззащитна перед несколькими фанатиками, решившими пожертвовать собственными жизнями во имя торжества своих идей. Самым обидным для американцев было то, что атаки на их города направлялись членами организации, на которую они не жалели ни денег, ни сил. А студенты, приехавшие обучаться в основном из Саудовской Аравии, бесстрашной рукой направляли лайнеры в башни Торгового центра или в здание Пентагона.

Ради справедливости стоит сказать, что великий американский народ этот вызов принял. Более того, из четырех захваченных самолетов только три долетели до места назначения. В четвертом лайнере началась борьба, вызвавшая его падение. Американцы не собирались сдаваться на милость террористов. Их огромная армия начала подготовку к вторжению в Афганистан, а затем и в Ирак. Американцы начали беспощадно преследовать своих противников по всему миру, организовали сеть закрытых тюрем ЦРУ на территории стран Восточной Европы и пообещали огромные премии за головы руководителей «Аль-Каиды».

Но еще задолго до этих событий спецслужбы США разрабатывали сценарии возможного похищения или убийства не только неугодных агентов, но и руководителей неугодных стран, включая Фиделя Кастро на Кубе и Муамара Каддафи в Ливии. Своего врага в Ираке они даже схватили, заставив его пройти унизительную процедуру медицинского осмотра, который показали на весь мир. Саддам Хусейн потерял обоих своих сыновей и оказался на судебной скамье.

Ни для кого не было секретом, что государственный переворот в Чили готовился американскими спецслужбами, которыми было санкционировано и убийство чересчур популярного Президента страны Сальвадора Альенде, погибшего в своем дворце, но не пожелавшего покинуть свой пост. Примерно через шесть лет уже советские спецслужбы спланировали убийство лидера Афганистана — Хафизуллы Амина. Правда, в отличие от порядочного Альенде, Амин имел массу грехов, за которые его следовало отправить в иной мир. Он не только удавил своего предшественника Тараки, но и начал переговоры с американцами. Амина пытались отравить, но врач из советского посольства его спас. Тогда было принято решение о штурме дворца Амина. Хорошо подготовленные спецназовцы из нескольких особых отрядов легко взяли дворец Амина, перебив его охрану и убив его вместе с сыном. Об этом эпизоде почему-то не вспоминали, но вместо Амина привезли Бабрака Кармаля, который сразу обратился к Советскому Союзу с призывом о помощи. Мир возмутился, в ООН почти все страны проголосовали за вывод войск и осуждение агрессии, но СССР наложил вето, и на этом все попытки протестовать закончились.

С победителями вообще трудно говорить. Они чувствуют себя вправе диктовать собственные условия. Сразу после событий одиннадцатого сентября в Америке принимаются новые законы, ужесточающие наказания террористов. Мало того, что их незаконно задерживают, их еще и незаконно содержат в секретных тюрьмах, подвергая пыткам и издевательствам. С точки зрения международного права, захват на чужой территории гражданина чужой страны — весьма грубое нарушение, подлежащее осуждению. Но кто посмеет остановить американцев в их борьбе против террористов? Конгрессмен-республиканец от штата Джорджия Роберт Барр даже заявил, что власти США должны получить законодательное право на разрешение физического устранения любых лиц, противодействующих Америке, в том числе и лидеров иностранных государств. В Конгресс США был даже внесен подобный законопроект — «Закон об уничтожении террористов 2001 года», в котором к террористам можно было приравнять президентов Сирии и Венесуэлы или лидеров Кубы и Ливии.

Примерно в это время в Москве узнают об убийстве нескольких сотрудников дипломатической миссии в Ираке. Спешно принимается законодательное решение о разрешении спецслужбам действовать на территории других государств с целью организации поисков и уничтожения лиц, виновных в убийстве дипломатов. То есть принимается абсолютно чудовищный с точки зрения международного права закон, разрешающий Президенту страны давать санкции на убийство неугодных лиц за пределами собственной страны. По существу, речь идет о физическом устранении неугодных лиц, которых будут уничтожать без суда и следствия. При этом возможная вероятность ошибки никого не волнует.

Нужно отметить, что США и Советский Союз не были первопроходцами в этом вопросе. Еще в семьдесят втором году во время Мюнхенской Олимпиады была захвачена группа израильских спортсменов. Неудачная попытка западногерманских властей освободить заложников закончилась трагедией. Спортсмены погибли. Тогда было принято решение о физическом уничтожении всех террористов, причастных к этому преступлению. По личному приказу Голды Меир, премьер-министра Израиля, убийц искали и находили по всему миру. Никого не интересовало, в какой стране они прячутся и гражданами какой страны они являются. Их уничтожали без судебных разбирательств, на основании приказа, полученного спецслужбами.

Когда был убит последний виновник этой трагедии, Голде Меир доставили записку, где было только два слова: «Мы отомстили».

К началу двадцать первого века стало очевидным, что прежнее международное право превращается в некий архаичный институт с отживающими законами. В мире снова возродилось право сильного. Отныне государственная целесообразность и защита своих граждан стали приоритетами для всех спецслужб. Ни международные законы, ни права человека, ни принятые хартии и декларации, ни соглашения, заключенные между государствами, отныне не являлись решающими. Только один принцип торжествовал в этом мире — необходимая целесообразность, при которой не учитываются ни нормы права, ни нормы морали.

Мир отвечал на вызовы террористов своими вызовами. Становилось понятным, что прежние законы устарели, а новые еще не были приняты. Но на каждое беззаконие террористы отвечали своим беззаконием. Израильтяне считали себе вправе убивать лидеров ХАМАСа, а те, в свою очередь, считали себе вправе взрывать автобусы с мирными людьми. Американцы полагали, что имеют право на вторжение в Ирак, а прибывшие туда со всего мира мусульманские моджахеды начали войну против вторгнувшихся завоевателей, сотнями превращаясь в фанатиков, готовых пожертвовать собой ради уничтожения неверных. Мир постепенно сходил с ума.

Сотни международных организаций и правозащитных движений уже не могли остановить эту волну насилия.

Во время израильско-ливанской войны две тысячи шестого года обе стороны обменивались ракетными ударами, даже не находясь в состоянии войны друг с другом. Причем страдали в первую очередь несчастные мирные люди, которые вовсе не хотели ни этой войны, ни этого конфликта. Лидеры арабских террористических организаций искренее полагали, что, убивая женщин и детей на улицах Израиля, они вынудят это государство к переговорам. А руководство Израиля, в свою очередь, полагало, что, убивая женщин и детей, они склоняют арабов к переговорам. Ради справедливости стоит отметить, что израильские военные все-таки предупреждали заранее о начале своих бомбардировок, тогда как террористы взрывали свои бомбы на улицах и площадях города, даже не задумываясь о последствиях.

Постепенно становилось понятным, что так продолжаться дальше не может. Мир погружался в хаос, спецслужбы были предоставлены сами себе. Им отныне разрешалось во имя предотвращения террористической угрозы действовать так, как они считали нужным. Приветствовались любые акции, вплоть до убийства и пыток, лишь бы они могли помочь в предотвращении массовых убийств мирных граждан. Во имя тысяч людей можно было незаконно убивать единицы. Все понимали, что проблема назрела, но никто не собирался ее решать. И именно в это время в Москве появилась организация «Щит и меч», которая и объявила о своей беспощадной войне с бывшими изменниками и предателями.

Санкт-Петербург. Россия. 28 мая 2006 года

Вчера вечером Элина уехала к сыну. Тимур, оставшись один, долго лежал в постели, словно вспоминая каждую минуту, проведенную вместе с ней. Он сам удивлялся своему состоянию. Ведь на самом деле, они встречались только второй раз. И он уже сделал ей предложение, решив навечно соединить их судьбы. Или он действительно так влюбился?

Он поднялся, вспомнив, что ничего не ел сегодня. Но есть особенно не хотелось. Он спустился в ресторан, заказал себе два салата и снова поднялся в номер. Ему было без нее скучно, одиноко. Он даже не заметил, как заснул. И проснулся от осторожного стука в дверь. Тимур посмотрел на часы. Четвертый час утра. Кто это может быть? Неужели она? Она приехала к нему в такое время. Он вскочил с кровати и бросился открывать дверь. На пороге стояла Элина.

— По-моему, мы сходим с ума, — призналась она, — я даже не знаю, что со мной происходит. Как ты думаешь, такое бывает в нашем возрасте?

Вместо ответа он протянул руку и быстро привлек ее к себе. Если бы его попросили потом описать свои ощущения, он бы честно ответил, что это было все, что угодно, только не обычный секс. Им было хорошо друг с другом. Так ласкаются молодые влюбленные, еще не искушенные в любви. Когда обоим бывает хорошо даже от одного прикосновения, одного взгляда, дыхания существа, которое ты так любишь.

— По-моему, ты торопишься сделать ребенка уже сейчас, — невозмутимо сказала она через час, когда он, тяжело дыша, откинулся на подушку.

— Я тороплюсь быть с тобой как можно больше, — признался он. — Мне кажется, что мы потеряли много лет. Мы могли бы встретиться лет двадцать назад.

— Нет, не могли, — рассудительно ответила она. — Если бы встретились тогда, то наверняка не понравились друг другу. Я была нервной истеричкой, молодой и, надеюсь, красивой, которая презирала всех мужчин вокруг себя, и особенно таких, как ты. Не забывай, что ты старше меня лет на пятнадцать. Любое проявление твоих симпатий я бы расценила как грязные приставания тридцатипятилетнего старика. В двадцать лет мы все бываем максималистами.

И ты наверняка тоже был «хорош». Закомплексованный офицер КГБ, или как вас там тогда называли. Двадцать лет назад?

Кажется, так и называли. Вы были организацией, которую все боялись и немного презирали. Такой орден верных меченосцев нашего полусумасшедшего государства. Нет, я думаю, что тогда у нас бы ничего не вышло. Это сейчас я научилась ценить сдержанных и воспитанных мужчин. Это сейчас тебе начали нравиться женщины в постбальзаковском возрасте, когда мы многое знаем и умеем и еще хотим каких-то отношений. Нет, Тимур, нам не стоило встречаться двадцать лет назад. Нам нужно было встретиться именно сейчас. И мы с тобой встретились. Я думаю, что все правильно. Это судьба.

— Как твой сын чувствует себя?

— Гораздо лучше. Он молодой, а у них кости срастаются лучше, чем у нас. Надеюсь, ты не собираешься ломать себе ноги в ближайшие тридцать или сорок лет?

— Я столько не проживу, — сказал он достаточно серьезно. Она поняла, что он не шутит. Повернула к нему голову.

— Давай сразу договоримся, — сказала Элина, — я собираюсь жить еще столько же, сколько прожила. Значит, мне исполнится через сорок лет с хвостиком примерно восемьдесят с хвостиком. Придется и тебе прожить этот срок. Сколько тебе будет? Девяносто шесть. Прекрасный возраст. Поставь его себе как мечту, к которой нужно стремиться. А если ты еще раз мне скажешь, что не доживешь до какого-то срока, я сразу тебя брошу. Зачем мне такой старик?

— Элина, — так же серьезно сказал он, — я меняю место работы. И хотел предупредить тебя об этом.

— Неужели ты уходишь в конкурирующую нефтяную компанию? — всплеснула она руками. — «Безенчук и нимфы», так, кажется, именовались конкуренты?

— Так. — Ему нравилось, что она всегда вспоминает именно это произведение Ильфа и Петрова. — Но дело не в конкурентах. Меня попросили вернуться. Вернуться туда, где я был «хорош», — пояснил он, обращаясь к женщине, — и я хочу, чтобы ты об этом знала. Там сложная работа, Элина, и человек не всегда принадлежит сам себе. Ты меня понимаешь?

— Вполне. Ты решил самоутвердиться и снова вернуться к себе в КГБ. Или они уже называются как-то иначе? Можно узнать, зачем тебе это нужно? У тебя маленькая пенсия? Или не хватает на жизнь? Судя по твоей квартире и по тому, как ты снимаешь номера в «Астории», ты человек явно не бедный. Иначе бы я с тобой просто не встречалась. Так в чем дело?

— Это мое осознанное решение, — сказал Караев, — я хочу, чтобы ты об этом знала. Возможно, иногда я буду занят на работе. Там человек не всегда принадлежит только самому себе.

— В таком случае я буду возить тебе на ночное дежурство пирожки с картофелем. Они у меня хорошо получаются. Ты любишь пирожки с картофелем? Или тебе больше нравятся с мясом? А может, с капустой?

— Мне понравится все, что ты мне приготовишь. Я не думаю, что там будут такие частые ночные дежурства, но нечто подобное вполне может быть.

— Ты еще не взял меня в жены, а уже предупреждаешь, что будешь уходить по ночам, — улыбнулась Элина. — Тебе не кажется, что я должна сто раз подумать, прежде чем соглашусь?

— Я тебе все сказал, — вздохнул Тимур.

Она приподнялась и залеза на него. Лежа на нем, она взглянула ему в глаза.

— Даже если ты захочешь от меня уйти, у тебя ничего не получится, — улыбнулась Элина. — Я немного ведьма, умею колдовать и привораживать. И тебя я приворожила на всю оставшуюся жизнь. На долгую жизнь, Караев. Поэтому будь готов встретить свою старость рядом с молодой и красивой женщиной. Это я говорю про себя.

Она поцеловала его, прижимаясь к нему всем телом. Он обнял женщину. В такие мгновения ни о чем другом не хотелось думать. Он подумал, что в организации не будут возражать против его возможной женитьбы. Хотя наверняка начнут проверять и семью Элины, ее мужа, сына, родственников, друзей. Судя по тому, как они работают, эти люди не признают никаких компромиссов. Собственно, они и создали свою организацию в противовес тем компромиссам, которые царили в девяностые годы. Тогда казалось, что страна не просто рухнула, развалившись на части и навсегда проиграв гонку за лидерство. Тогда все представлялось в несколько ином свете. А сейчас страна уверенно возвращала себе лидерство в мире, и не только за счет своих устаревших ядерных боеголовок.

— О чем ты задумался? — поинтересовалась Элина.

— О нас с тобой, — ответил Тимур. — Придется жить на два города. Немного романтично.

— И очень непрактично, — возразила она. — Я думаю, что мы будем жить в одном городе и в одном доме. И нам необязательно бегать по городам. Пусть дети приезжают к нам, так будет правильно и справедливо.

— Хорошо, — согласился он.

— Который час? Господи! Уже седьмой час утра! — Она вскочила с постели и бросилась одеваться.

— Что случилось? — поднял голову изумленный Тимур. — Куда ты торопишься?

— В восемь должна приехать медсестра и сделать сыну укол. Обычные витамины, чтобы он быстрее поправлялся. А сейчас уже двадцать минут седьмого. Мне еще нужно вернуться домой и привести себя в порядок. Извини. — Она торопливо одевалась.

Он взглянул в окно. Там было уже светло. Уже конец мая, скоро начнутся белые ночи, вспомнил Караев. Здесь бывает как-то по-особенному печально и красиво. Как воспоминания о днях, которые растягиваются на сутки и иногда заканчиваются.

Элина надела платье и, поцеловав его на прощание, выбежала из комнаты. Он знал, что внизу стоит такси, на котором она и поедет домой. Но на всякий случай подошел к окну и поглядел вниз. Она так и сделала, забрав дежурное такси. Он вернулся в постель. Теперь можно немного поспать. А потом он спустится вниз и продлит свое пребывание в отеле еще на сутки, чтобы вернуться в Москву ранним утром в понедельник. Ведь она может захотеть приехать к нему и на следующую ночь. Он улыбнулся. И, устроившись поудобнее, заснул.

Сан-Франциско. Штат Калифорния. США. 28 мая 2006 года

По утрам в воскресенье перед зданием отеля «Сен-Френсис» появляются старушки, которые кормят голубей. Мимо проходит, спускаясь сверху, знаменитый трамвай. Но людей в эти выходные дни бывает гораздо меньше обычного. Многие магазины закрыты, люди выезжают за город, чтобы побыть на природе. Вышедший из отеля канадский бизнесмен Йен Модлинг сидел на скамейке в парке, когда к нему подошел его молодой секретарь и уселся рядом.

— Ну и как у нас дела? — поинтересовался Модлинг.

— Не очень, — сказал Энтони, глядя куда-то вдаль. Они говорили по-английски, но достаточно тихо, чтобы их никто не услышал.

— Почему «не очень»?

— Там охрана, — пояснил Энтони. — Одна машина стоит прямо у дома, а другая внизу, перед выездом на трассу. В каждой по двое сотрудников. Я, правда, не узнал у них, откуда они приехали. Из ЦРУ или ФБР?

— Это ты так шутишь? — недовольно уточнил Модлинг.

— Нет, это я радуюсь, — усмехнулся Энтони. — Я думаю, что они оборудовали и его дом прослушивающим устройством. Но самое неприятное не это. Я звонил в его фирму, и мне сообщили, что мистер Скобелев завтра улетает в Европу. Вот так. У нас в запасе только сегодняшний день.

— Все понятно, — кивнул Модлинг, — скоро начинается лето, и он наверняка повезет семью в Испанию. У него там своя вилла.

— В Испании хорошо, — вздохнул Энтони. — Может, нам переехать в Испанию?

— У тебя сегодня игривое настроение, — недовольно сказал Модлинг. — Нужно решить проблему уже сегодня. К его дому можно подъехать с другой стороны дороги?

— Нет. Его дом стоит на холме. Можно проехать только по дороге, но для этого нужно будет миновать обе машины охраны. А если он сегодня не выйдет из дома и завтра улетит в свою Испанию? Может, устроим засаду по дороге в аэропорт?

— Как благородные разбойники, — кивнул Модлинг. — Только здесь все дороги просматриваются камерами, и на любой из них в течение нескольких минут могут появиться несколько машин с сотрудниками полиции. Я уже не говорю про вертолеты. Мы просто не успеем никуда сбежать.

— Может, поедем за ним в Испанию? — осторожно спросил Энтони. — А иначе что нам тогда делать?

— Будем искать его и в Испании, — недовольно сказал Модлинг, — но до этого не нужно доводить. Я думаю, мы сделаем иначе. Нужно продумать, как нам проехать мимо этих машин с сотрудниками ЦРУ. Они наверняка выставили своих лучших людей после убийства Ползунова. А в доме есть кто-нибудь, кроме самого Скобелева?

— Негритянка, которая помогает по дому. Пожилая женщина лет шестидесяти. Я видел ее в бинокль. Но если она там работает, значит, скоро уйдет. Не останется же она на все воскресенье в его доме. Больше там никого не видно.

— Сколько раз я тебе говорил, что здесь не принято произносить это слово, — укоризненно заметил Модлинг, — нужно говорить, что она афро-американка или темнокожая. Так будет более правильно.

— Но нас никто не слышит.

— Все равно. Это должно войти в привычку. Значит, нам нужно быстро проехать мимо обеих машин с сотрудниками ЦРУ и подъехать к дому Скобелева. Сколько времени у тебя может занять процесс открывания его двери?

— Ни секунды. У него со стороны сада двери все время открыты. А если даже нет, то я их просто разобью. Обычное стекло.

— Может, оно непробиваемое, — возразил Модлинг. — Сколько времени нужно машинам, чтобы подъехать к дому.

— Нижней — минуты две. А верхняя стоит напротив дома, немного в стороне. Если они выбегут из машины, то доберутся за секунд пятнадцать или двадцать.

— Значит, у нас будет пятнадцать секунд, — удовлетворенно кивнул Модлинг. — Нужно будет успеть. Всадить в него две пули и сразу выскочить из дома. Успеешь?

— Если я его найду, конечно, успею. А почему пятнадцать секунд? Откуда у нас будет столько времени?

— Нужно проехать мимо обеих машин и не привлекать к себе внимание. Верно?

— Да.

— Это реально?

— Нет. Они не пропустят мимо себя ни одну машину. Поедут за нами, и у нас не будет даже трех секунд. Как только они увидят, что мы остановились у его дома, они сразу бросятся к нам.

— Правильно. Но там не один дом, а два. Они примыкают друг к другу, — напомнил Модлинг.

— Ну и что? В соседнем доме живет большая семья. Отец, мать, четверо детей. По-моему, баптисты. Как вы сумеете обмануть агентов ЦРУ и проехать мимо них? Это невозможно.

— Вот так всегда, — сказал Модлинг. — Сколько я тебя ни пытаюсь учить, ты ничего не хочешь понимать. Нужно проехать мимо не просто незамеченным, а с большим шумом. С максимально возможным шумом.

— Не понимаю? — нахмурился Энтони.

— Они поедут за нами в любом случае, на какой бы машине мы ни проехали мимо них, — спокойно сказал Модлинг, — но если они увидят полицейскую машину, которая преследует нарушителя, они не поедут за нами. Зачем сотрудникам ЦРУ выдавать себя, помогая полицейским ловить какого-то автомобильного хулигана.

— И кто будет таким полицейским?

— Я, — улыбнулся Модлинг.

— А хулиганом?

— Ты. Сегодня ты возьмешь в аренду мотоцикл, на котором умеешь очень неплохо ездить, и сделаешь несколько кругов вокруг дороги. Чтобы они тебя увидели и узнали. К вечеру ты снова появишься на этой дороге. Но в этот момент из-за угла появится полицейская машина. Увидев этот автомобиль, ты разворачиваешься и едешь наверх. Машина тебя преследует. У дома Скобелева мы остановимся. Пока я открою дверцу и буду делать вид, что читаю нравоучение нарушителю спокойствия, ты заберешься к нему в дом и сделаешь два выстрела. Первый в него, второй контрольный. Затем выходишь и снова садишься на мотоцикл, съезжая вниз. Я возвращаюсь за тобой. Как ты думаешь, сколько шансов, что сотрудники ЦРУ, увидев, как полицейская машина едет за уже знакомым автохулиганом, последуют за нами и попытаются проверить наши документы. Сколько шансов?

— Ни одного, — растерянно произнес Энтони.

— Верно. Езжай за мотоциклом. Будет неплохо, если в какой-то момент ты даже разобьешь одной из этих машин какую-нибудь фару или поцарапаешь случайно их машину. Чтобы они тебя запомнили. Только надень шлем и будь осторожнее. А я приеду туда к семи часам вечера. Мне еще нужно найти такую машину и форму. Хотя я считаю, что с этим у нас как раз никаких проблем не будет.

— Интересный план, — усмехнулся Энтони. — Как здорово вы все придумали.

— А ты хочешь, чтобы мы ждали, когда он поедет в аэропорт? Его наверняка будут сопровождать обе машины. И мы не сможем к нему даже подойти.

— Я все сделаю, — обрадовался Энтони, — я им такой цирк устрою. Вы же знаете, как я умею ездить. У меня даже спортивный разряд есть.

— Лихачить не стоит, но напугать их можешь, — добродушно разрешил Модлинг. — Сейчас поднимемся наверх и посмотрим схему, которую ты начертил. Обговорим детали. И встретимся с тобой внизу у развилки ровно в семь часов вечера. Ты все понял?

— Да, — ответил Энтони, — они даже не поймут, что происходит, когда мы уже поедем вниз.

ИЗ ИСТОРИИ СПЕЦСЛУЖБ

Агенты не рождались предателями, как не рождались агентами. И необязательно в числе информаторов другой стороны должны быть только сотрудники разведки или контрразведки. Военные, дипломаты, экономисты, юристы, даже экологи — все, кто работает в различных ведомствах, вызывающих любой интерес к ним со стороны зарубежных спецслужб. Вербовали агентов тоже по-разному. Некоторых соблазняли крупными суммами денег, некоторых учили играть в казино, «помогая» сделать долги, некоторым подсовывали любовниц из числа хорошо обученных сотрудниц. А некоторые получали и любовников. Это уже потом, в девяностые либеральные годы, во многих странах начнут разрешать однополые браки и никого не будет удивлять союз двух мужчин. Но в середине прошлого века подобные связи карались в СССР тюремным заключением, а во многих зарубежных странах сотрудников увольняли из спецслужб по подозрению в подобных связях. Самая известная история приключилась с помощником британского военно-морского атташе в Москве Джоном Вэсселом.

Вэссел даже не скрывал своих гомосексуальных наклонностей, имея друзей среди столичной лондонской молодежи, когда ему предложили работу в Москве. К этому времени в Москве на него уже было заведено специальное досье, где особо оговаривались его сексуальные предпочтения. Остальное было несложно. Его пригласили в ресторан, где намечалась оргия с участием его переводчика и еще нескольких специально подобранных молодых людей. Вся оргия была заснята на пленку. На следующий день Вэсселу предложили выбор. Или ад советской тюрьмы, в которой не особенно любили гомосексуалистов. Или работа на советскую разведку. Причем Вэсселу объяснили, что за совершение уголовного преступления, когда он «совращал» молодых людей, его не вышлют из страны как дипломата, а предадут суду по советским законам. Вэссел решил согласиться работать на советскую разведку.

В Главном разведывательном управлении, где его завербовали, ему дали необычную кличку — Мисс Мэри. Вэссел вернулся в Великобританию и продолжил работу на советскую военную разведку. В течение шести лет он передавал планы Адмиралтейства своим связным. Разоблачил его один из перебежчиков из советской военной разведки, рассказав, что в Адмиралтействе у ГРУ есть свой источник информации. К тому же человек с нетрадиционной сексуальной ориентацией.

Мисс Мэри довольно быстро вычислили и арестовали. По приговору Лондонского суда ему дали восемнадцать лет тюрьмы. На суде выяснилось, что советская разведка платила Вэсселу неплохие деньги, на которые он путешествовал по всему миру, покупал дорогие костюмы и даже позволял себе развлекаться с молодыми друзьями. Проведя десять лет в тюрьме, он вышел наконец на свободу в тысяча девятьсот семьдесят втором году. Устроился на работу мелким клерком и всю оставшуюся жизнь вспоминал, как он работал на советскую разведку. Сменив фамилию, он стал Джоном Филиппсом.

Почти через двадцать пять лет после того, как он вышел на свободу, бывший агент советских спецслужб Джон Вэссел-Филиппс умер в автобусе от сердечного приступа. Ему было уже за семьдесят, но лучшими годами своей жизни он считал молодые годы, проведенные в Москве и в Лондоне. И когда он умер, только некоторые журналисты вспомнили об агенте, который сумел выдать Москве так много военно-морских секретов, и любовник, который бросил Мисс Мэри, узнав о его шпионской деятельности.

Правда, не все были так щепетильны. Одного из шведских дипломатов сфотографировали вместе с девицей в весьма пикантных позах. Затем пачку фотографий доставили дипломату, объявив, что перешлют их на его родину, если он откажется сотрудничать. Шведский дипломат внимательно рассмотрел все фотографии, а на вопрос сотрудника КГБ, готов ли он к сотрудничеству, дипломат вдруг попросил сделать ему копии всех фотографий.

— Я пошлю их жене, — улыбнулся швед, — ей очень понравятся эти фотографии.

Сотруднику КГБ пришлось спешно ретироваться. Нужно отметить, что обе стороны широко использовали засылаемых роковых и длинноногих красавиц для вербовки возможных агентов. Особо отличилась восточногерманская разведка, которая создала специальный отряд «Ромео». Молодые и красивые немцы начали массовую охоту за стареющими секретаршами в военных и научных ведомствах. Женщины после тридцати лет таяли при виде своих кавалеров, заодно раскрывая им все секреты. Но более всех других использовались особые методы вербовки гомосексуалистов, действия которых считались постыдными и подлежащими осуждению, а в СССР даже уголовному наказанию. Предателями становились в силу разных причин, но методы вербовки не менялись десятилетиями и столетиями. Страх, шантаж, насилие, деньги, угроза разоблачения — все эти методы считались дозволенными, если позволяли запугать или уговорить будущего агента. Но иногда оказывались бессильными все методы, все дозволенные приемы. Попадались и такие исключительные случаи, о которых сами разведчики не любили вспоминать. Дело в том, что если вас пытаются завербовать, значит, на вас заведено особое досье и, просчитав возможного кандидата, зарубежная разведка приходит к выводу, что вы наиболее приемлемая фигура. Даже если вы отвергнете все посулы и угрозы, то и тогда вам придется несладко. Ведь в собственной организации вам тоже не будут верить. Отныне вы человек, который мог совершить предательство, по мнению зарубежной разведки. Вам все равно перестанут доверять, переведут на другую работу, не будут выдавать секретных материалов и в конце концов под благовидным предлогом уволят. Зная об этом, зарубежные спецслужбы иногда идут на сознательную провокацию, убирая из разведки особо опасных сотрудников. Такие методы также практикуются и считаются особо эффективными во время многоходовых операций. Иногда подставляются и собственные агенты, чтобы прикрыть другого, более ценного агента. Показательной в этом отношении была операция, проведенная советской внешней разведкой в середине восьмидесятых.

Резидент советской разведки в Италии полковник Юрченко неожиданно перешел на сторону американцев. Он сообщил, что начато расследование по делу против Олега Гордиевского, а также сдал двенадцать агентов ПГУ КГБ в Европе. Через несколько месяцев он сбежал в США. Его считали одним из самых ценных агентов после Гордиевского, которому помогли сбежать из Москвы. Его показания позволили разоблачить и выявить возможных агентов в американской разведке. Двое информаторов были арестованы. А затем Юрченко неожиданно сбежал и снова появился в Москве, где объяснил, что его насильно похитили из Италии, предварительно накачав наркотиками.

Американцы сначала не поняли, что это была обычная игра с двойным агентом, который только выдавал себя за перебежчика. Он действительно выдал настоящих агентов и информаторов. Но сделал это по заданию Москвы только для того, чтобы отвести возможные подозрения от самого успешного шпиона, работавшего в ЦРУ, — Олдриджа Эймса. Чтобы прикрыть такую фигуру, нужно было пожертвовать пешками. Что Юрченко успешно и сделал. Его наградили особым знаком «Почетного чекиста» и представили к правительственной награде. Но Эймса это не спасло. Через некоторое время его все-таки разоблачили.

Сан–Франциско. Штат Калифорния. США. 28 мая 2006 года

Этот наглый парень уже всех достал. Сначала он чуть не врезался в их машину, пролетев буквально в нескольких сантиметрах от них. Потом снова появился, обгоняя какой-то грузовик. Ближе к пяти часам он сделал несколько кругов, забираясь наверх. Он не остановился у дома Скобелева, взбираясь по холму, и все четыре агента неодобрительно глядели на этого лихача. У каждого из них были фотографии пары «ликвидаторов», которые засветились в Детройте и Лас-Вегасе. Но этот молодой человек явно не подходил ни под одного из кандидатов. Он вернулся вниз и, подняв мотоцикл, продемонстрировал почти цирковой трюк, проехав на заднем колесе.

— Кретин, — негромко сказал один из агентов, глядя в сторону этого лихача, — рано или поздно разобьет себе голову.

— У него вместо головы задница, — добавил другой, — поэтому ему не страшно. Ты видел, как он проехал мимо нас, чуть не врезался. Он с утра здесь лихачит. Нужно позвонить в полицию.

— Не звони. Они приедут, и мы должны будем им объяснять, почему мы здесь стоим. Никому не звони. Он подурачится и сам уедет. Наверно, живет где-нибудь здесь рядом. Я таких знаю. С самого детства у них хорошие дома и дорогие машины. А нас у матери было восемь человек, и мы носили одежду друг за другом. От старшего к младшему.

— Вот выйди и расскажи ему об этом. Посмотрим, поймет он тебя или нет, — насмешливо предложил ему напарник, — такие ничего не понимают.

Еще полтора часа прошло относительно спокойно. Без пятнадцати семь снова появился этот автохулиган. Сотрудники ЦРУ недовольно переглянулись.

— Сукин сын, — убежденно сказал первый, — наверно, ему совсем нечем заниматься. Он уже всех достал.

— Сегодня воскресенье, — напомнил второй, — может, у него выходной.

— У всех нормальных людей выходной, кроме нас, — недовольно замстил первый, — а нам нужно сидеть здесь и караулить этого русского.

— Говорят, что он не русский, а молдаванин, — сказал более продвинутый второй. Родители этого сотрудника ЦРУ были из Словении, и поэтому он лучше знал народы Восточной Европы.

— Какая мне разница, откуда он приехал. Он для меня русский, как и все остальные, кто приезжает из России. Я их там не разделяю. Посмотри, этот тип опять проехал мимо нас.

Мотоцикл с ревом понесся куда-то вниз. Послышался удаляющийся шум. Через некоторое время шум начал нарастать. Вскоре они увидели мотоциклиста, который, оглядываясь, промчался мимо них, взбираясь обратно на холм. И сразу показалась полицейская машина, в которой находился офицер. Он двигался за этим хулиганом, очевидно, решив перекрыть дорогу на холме и взять этого типа.

— Вот и кавалерия, — добродушно сказал первый агент, — я же тебе говорил, чтобы ты не звонил. Он все равно нарвется на неприятности. Сейчас его остановят.

Мотоцикл и полицейская машина сделали круг, поворачивая за холм. Раздался звук включенного переговорного устройства. Это позвонили сотрудники из верхней машины.

— Что у вас происходит, Крюгер? Кто сейчас мимо вас проехал?

— Один мотоциклист. Он здесь уже безобразничает целый день. Чуть не опрокинулся. За ним машина с офицером полиции. Все нормально. Мы этого парня уже давно здесь засекли. Не беспокойтесь, все нормально.

Энтони выехал на площадку, где стояла вторая машина. И проехал мимо них. Машина полиции с ревом неслась за ним. Он доехал до дома Скобелева и резко затормозил. Отсюда его не могли увидеть. А вот машину они наверняка увидят. Пусть думают, что офицер полиции перекрыл ему дорогу и, остановив автомобиль, делает ему внушение.

Модлинг подъехал через несколько секунд, бросая ему оружие с глушителем. У них было два пистолета, но Энтони ездил весь день без оружия, на случай, если его остановят настоящие полицейские. Он бросил мотоцикл и побежал к веранде, где была открыта дверь. Модлинг оглянулся. Он достал сигареты, закурил.

Энтони быстро открыл дверь, врываясь в комнату. Ему было только двадцать девять лет. Его отобрали за безупречную езду и великолепную стрельбу. Он оглянулся. Никого нет. Нужно подняться на второй этаж. Возможно, хозяин дома находится там. Черт возьми, он потеряет драгоценные секунды.

И вдруг он увидел выходившего из другой комнаты Скобелева. Он поднял оружие и... заколебался. Этот человек был только похож на Эдуарда Скобелева. Но это не он. Незнакомец улыбнулся. Энтони смотрел на него и не понимал, что происходит. Похоже, их обманули. Нет, это точно не Скобелев. Но такого не может быть. В доме никого не должно быть. Он не успел додумать эту мысль до конца. И почти сразу раздались крики со всех сторон.

— Стой! Руки вверх! Положи оружие на пол! Сдавайся!

Энтони затравленно оглянулся. Со всех сторон на него смотрели неожиданно появившиеся люди в штатском. У всех в руках было оружие. Это была засада. Их обманули. Нет, не их. Модлинг все придумал здорово. Обманули его самого, как мальчишку. Подсунули ему другого человека вместо Скобелева. Он снова посмотрел по сторонам. Сразу шесть или семь человек кричали ему, перебивая друг друга и требуя сложить оружие. Но тогда они арестуют и Модлинга. Этого нельзя допустить.

Он поднял пистолет и мгновенно сделал выстрел в лже-Скобелева. Пусть хотя бы он ответит за другого мерзавца, решил в последнюю секунду своей жизни Энтони. Он рассчитал правильно. Его выстрел был почти беззвучен. Зато выстрелы всех остальных оказались куда громче, чем нужно. Прозвучало сразу десять или двенадцать выстрелов. Он сделал шаг и упал на пол, простреленный со всех сторон. Игравший роль Скобелева сотрудник ЦРУ поморщился, вставая с пола, куда он был опрокинут убойной силой выстрела. В его бронежилете застряла пуля.

Модлинг ждал своего молодого напарника, считая секунды. На пятнадцатой он встревожился, на двадцатой достал свое оружие, но еще через несколько секунд услышал крики. И затем выстрелы. Много выстрелов. Он повернулся. Со всех сторон к нему спешили машины и люди. Откуда-то сверху появился вертолет.

«Засада, — понял Модлинг, — с этого холма мне не уйти». Люди бежали к нему, и каждый кричал что-то свое. Из вертолета донеслась какая-то другая команда. Он оглянулся. Стало понятно, что отсюда все равно не выбраться. Модлинг чуть усмехнулся. Они все-таки сумели переиграть приехавших гостей. «Бедный мальчик, наверно, он не сдался и открыл огонь на поражение. Они думают, что можно арестовать «ликвидатора». Они считают, что это в принципе возможно».

— Придурки, — насмешливо и почему-то весело сказал Модлинг. Он быстро приставил свой пистолет с глушителем к своему виску и выстрелил, уже не услышав огорченных криков подбегавших к нему людей.

Санкт-Петербург. Россия. 29 мая 2006 года

Он рассчитал все правильно. Она пришла и на следующую ночь. Они вели себя как молодые безумцы, словно у них был медовый месяц. Если бы ему рассказали о подобных отношениях, он бы ни за что не поверил. Но каждая встреча была как новое откровение.

Элина рассказала о сыне, пообещав познакомить их, как только мальчик начнет ходить сам. Она явно гордилась успехами своего сына, чудом избежавшего гибели. Рассказывая о сыне, она вдруг замолкла, словно какая-то тень набежала ей на лицо. Нахмурилась. Она не умела притворяться, все эмоции отражались у нее на лице.

— Сегодня зашел мой муж, — сказала она. — Ты

знаешь, он долго молчал, а потом вдруг спросил, счастлива ли я? Мне показалось, что я ослышалась. Он обычно не задавал подобных вопросов. Я даже подумала, что он знает про тебя. Хотя откуда ему знать. Но я повернулась и спросила, почему он задает мне такой странный вопрос? Ты просто светишься от счастья, сказал мне муж. Представляешь себе? Он тоже заметил. И это в тот момент, когда я была у постели нашего мальчика. Даже несмотря на эту аварию, даже несмотря на мой разрыв с мужем. Он это почувствовал.

— А может, он тебя до сих пор любит? — осторожно спросил Тимур.

— Когда любят, не изменяют, — нервно заметила Элина, отворачиваясь. — Мне казалось, что человек хочет жить рядом с тем, кого он любит, оберегать, доставлять удовольствие, радоваться его счастью.

— Есть разные формы любви, — заметил он. — Нельзя требовать ото всех людей одинакового проявления эмоций.

— Доставлять боль, значит, можно? — спросила она, поднимая голову. — Тебе не кажется, что ты выглядишь странно в облике его адвоката.

— Я просто с тобой разговариваю.

— А ты его не защищай. Он умудрился переспать с моей подругой. Представляешь, какой тип? И я должна ему это простить? Он приглашал ее в дом, и они переглядывались друг с другом, когда я уходила на кухню. Думаешь, что такое можно забыть? Может, они даже спали в нашей семейной кровати. Представляю, как моя подруга надо мной смеялась.

— Тебя достает это больше, чем даже измена мужа.

— Да, да, да. Конечно, достает. Моя подруга была похожа на бельевую доску с двумя маленькими сосками. И он на нее польстился. Такой здоровый фавн. А я должна все забыть и прощать? Никогда.

— У тебя тяжелый характер, — усмехнулся Тимур. — А если я завтра начну тебе изменять, ты и меня назовешь фавном.

— Не назову. И знаешь почему? Ты не будешь изменять. Ты никогда в жизни не изменишь любимой женщине. Иногда попадаются такие мужчины, как ты. Один на тысячу или один на миллион. Ты не сможешь переступить через эту ложь. В тебе есть что-то надежное, чего нет в остальных. Цельность характера. И поэтому в тебе я уверена. Могу даже оставлять рядом с тобой моих подруг. Абсолютно безопасно.

— Обязательно попробую тебе изменить, — пробормотал он, — хотя бы из спортивного интереса. Говорят, что мужскую измену нужно научиться понимать и прощать.

— Об этом говорят даже врачи. Ненавижу эту теорию полов. Они считают, что женщина выбирает лучшего мужчину и поэтому стремится найти достойного для оплодотворения кандидата. А задача мужчины оплодотворить как можно большее число самок. И поэтому требовать от него верности невозможно. Но это неправда.

Она замолчала и затем продолжила свои размышления:

— Мы такие же существа, как и вы. Так же страдаем, так же хотим любви, понимания, сочувствия. Может, мы более требовательные существа, поэтому не можем примириться с ложью и изменами. А все разговоры о различиях между нами придумали мужчины, чтобы оправдать свой кобелизм. Вот и вся теория.

Он рассмеялся.

— Доказательства не требуются, — согласился Тимур. — Между прочим, я рано утром улетаю обратно в Москву.

— Жаль, — сказала она, — мне уже понравились эти ночные путешествия через полгорода и наши ночные беседы. Когда ты снова вернешься в наш город?

— Не знаю. Если все будет нормально, я постараюсь снова вырваться на субботу и воскресенье.

— Постарайся. А потом я вырвусь к тебе. Думаю, что недели через две все будет в порядке и я снова вернусь в Москву.

Она провела рукой по его груди. Дотронулась до соска, палец пошел вниз. У нее были прохладные пальцы. Он улыбнулся.

— Вы все мужчины на Кавказе такие мохнатые? — поинтересовалась она. — Теперь понятно, почему все женщины без ума от вас. Как будто ласкаешь мишку или собачку.

— Я бы не советовал впредь называть кавказского мужчину, лежащего с тобой в одной постели, собачкой, — сделав страшное лицо и усилием воли сдерживая смех, сказал Тимур.

— У вас особая гордость, — палец уперся в пупок.

— Нет. У нас особое отношение к женщинам. А когда мужчину называют собачкой, он не может быть настоящим мужчиной. Рыцарем и защитником.

Палец опустился ниже. Он улыбнулся. Еще ниже. Он взглянул в ее бездонные глаза.

— Если вы не уберете свою руку, я начну кричать, — пробормотал Тимур.

Рука опустилась совсем низко. Она улыбнулась, хищно прикусив губу. Убрала руку.

— В молодости мне все казалось таким странным и диким, — призналась Элина. — Все эти страсти в постели, какие-то непристойные позы, жесты, поцелуи. Однажды посмотрела порнофильм по видео, и меня чуть не стошнило. Я просто не понимала, какое в этом удовольствие. Честное слово, не понимала. Теперь знаю. Самое большое удовольствие — доставить радость другим. Как мало нужно человеку, чтобы понять такие простые истины. И как долго мы идем к этому пониманию. Некоторые идут всю жизнь и остаются в неведении.

В этот момент зазвонил его мобильный телефон. От неожиданности он вздрогнул. Взглянул на аппарат, потом посмотрел на часы. Седьмой час утра. Кто может звонить ему в такой час? До вылета самолета у него еще есть время. Она внимательно следила за ним, словно пытаясь по его реакции определить, кто это мог быть. Он подошел к аппарату. Номер не высвечивался. Он поднял телефон.

— Слушаю вас, — сдержанно сказал Караев, покосившись на Элину.

— Доброе утро, полковник, — услышал он голос генерала Попова. — Извините, что мне пришлось вас так рано разбудить. Вы можете немедленно к нам приехать?

— Нет, — чуть помедлив, ответил он, — не могу.

Очевидно, его ответ не удовлетворил генерала.

— Я вас не совсем понял, Караев. Почему вы не можете приехать к нам прямо сейчас. Боитесь проспать свой завтрак или не увидеть очередной сон? У вас кто-то есть?

— Я не в Москве, — сдержанно объяснил он, — а в Санкт-Петербурге и прилечу в Москву только через три часа.

— Тогда все ясно. Как только прилетите, сразу к нам.

— Что-нибудь случилось?

— У нас всегда что-нибудь случается, но в данный момент у нас действительно большие неприятности. Мы вас будем ждать, полковник. До свидания.

Тимур положил аппарат на столик и взглянул на озадаченную Элину.

— Праздник закончился, — негромко сказал он. — Наверно, у них действительно что-то случилось, если меня решили найти в шесть часов утра.

Сан-Франциско. Штат Калифорния. США. 29 мая 2006 года

Это был самый оглушительный провал, какой они только могли себе представить. Их засада не помогла. Кроме четверых агентов, дежуривших в двух машинах, вокруг было еще двенадцать человек и вызванный вертолет. Тем нс менее оба «ликвидатора» погибли, и с этим уже ничего нельзя было сделать.

Крейг стоял с каменным выражением лица, глядя на трупы, которые заворачивали в специальные мешки. На часах было уже половина второго ночи. Они примчались сюда вместе с Кингом, прилетели час назад из Лос-Анджелеса, где, по их предположению, «ликвидаторы» могли появиться с большей долей вероятности. Кинг видел состояние своего напарника. Он подошел к нему и хотел что-то сказать в утешение. В конце концов, это был план самого Джеймса Крейга, но тот отчаянно отмахнулся, словно не рассчитывая на поддержку своего напарника.

К ним подошел начальник полиции. Он зло посмотрел на трупы, которые уносили в машины.

— Как всегда, не можете без трюковых номеров? — хрипло спросил он. — Зачем нужно вызывать вертолет и столько людей, если вы все равно бездумно стреляете им в голову. Нужно научиться стрелять. Этого парня изрешетили, всадив в него от страха столько пуль. Кому это нужно? Если бы мои ребята так изуродовали какого-нибудь преступника, я бы отдал их под суд. Достаточно одного выстрела в руку или в ногу. Пусть даже в живот. Но не десять одновременно. А второму снесли полчерепа. Вас в кино только показывать нужно, где вы умеете хорошо работать. А в реальной жизни от вас никакого проку.

— Хватит, — перебил его Кинг, — этот молодой человек был профессиональным «ликвидатором». Вы хоть понимаете, что такое «ликвидатор»? Это человек, который легко может перебить всех присутствующих рядом с ним. И остаться живым. Он и так успел выстрелить, находясь в окружении десяти человек. Вы думаете, нам нравится, что его убили? А другой сам застрелился. «Ликвидаторы» не сдаются, они слишком много знают. Иногда даже больше, чем сами предполагают. Поэтому они всегда боятся, что кто-то чужой залезет им в мозги и начнет там копаться.

Начальник полиции махнул рукой и отошел.

— Мы провалили всю операцию, — сказал сквозь зубы Крейг. — Теперь они точно знают, что мы их ждем и на них охотимся. В следующий раз они будут еще осторожнее.

— Следующего раза не будет, — убежденно ответил Кинг, — мы показали им, что сумели просчитать их игру. Они не самоубийцы, кто бы их ни посылал.

— И мы до сих пор не знаем, кто был их информатором, — напомнил Крейг.

— Наше аналитическое управление работает уже несколько дней. Рано или поздно мы его вычислим, — возразил Кинг.

Крейг тяжело вздохнул. Он понимал, что подобных провалов не простят не только теперь уже бывшему директору ЦРУ, но и всем, кто принимал участие в этих мероприятиях. Он повернулся и пошел к машине. Кинг двинулся следом за ним, усаживаясь за руль автомобиля.

— Нужно где-нибудь спрятать этого Скобелева, — невесело заметил Крейг. — Они будут искать его теперь с удвоенной энергией.

— Я уже звонил в управление специальных операций, — согласился Кинг, — они эвакуируют его семью из Испании и перевезут в другое место. Хотя «ликвидаторы» — люди достаточно профессиональные. Они никогда не убивают родственников или знакомых приговоренного агента. Это их своеобразный кодекс чести. Как у древних самураев. Наши действуют таким же образом, стараясь убрать только тех, кого должны убирать. Об этом все знают.

— Ты еще назови их благородными людьми, — устало предложил Крейг. — Это безжалостные убийцы, которые идут как волки по следу. Ты только подумай, что они придумали. Вообще вспомни, как они все время работали. В Детройте на прием к Гринбергу пришла какая-то дама, очевидно сумевшая заинтересовать его своим рассказом. В Лас-Вегасе они подставляют уже другую дамочку, заплатив ей за работу. В Нью-Йорке выдают себя за арабских шейхов, здесь разыгрывают целый спектакль с участием этого мотоциклиста и полицейского офицера. Самое обидное, что все наши агенты клюнули на эту дешевую уловку.

— Они здорово придумали, — согласился Кинг. — Особенно мне понравился трюк с мотоциклистом. Он несколько раз приезжал сюда и кружил вокруг холма, постепенно приучая всех наблюдателей к своему присутствию. С точки зрения психологии, это очень интересный и глубоко продуманный план. Они умеют работать головой, а не только руками.

— Ты еще их похвали, — окончательно рассердился Крейг. — И насчет благородства я тоже сомневаюсь. Эта дама застрелила в Детройте телохранителя Гринберга. Если ты помнишь...

— Телохранитель, — кивнул Кинг. — На них благородство «ликвидаторов» не распространяется. Как и на нас, между прочим. Нас они имеют право убивать с большим удовольствием.

— Мне звонили сегодня из Вашингтона, — невесело сказал Крейг, — отставка нашего директора принята. Завтра Президент объявит о назначении нового директора ЦРУ.

— Тебе сказали, кто будет новым директором?

— Во всяком случае, не его отец, он уже был, — ответил Крейг. — Завтра утром узнаем. Но я готов к самым худшим для себя последствиям. За эту операцию отвечал лично я. И спрашивать будут именно с меня. И пока я не найду информатора, который сдает русским их бывших агентов, я не успокоюсь.

— Мне кажется, что мы где-то ошиблись, — задумчиво произнес Кинг. — Трудно поверить, что русские нашли одновременно информаторов и в нашем ЦРУ, и у французов, и у немцев. Что-то не сходится. Нужно проверить, почему они не смогли выйти на англичан. Я не думаю, что здесь так хорошо работает английская разведка. Что-то мы не учли, какой-то важный фактор.

Английская разведка, — повторил вслед за Кингом его старший напарник. — У них свой особый бюджет, свои традиции, свои правила. Им даже новое здание недавно построили на Темзе. Я там у них был. И какой компьютерный центр. Они перестроили его по новым технологиям...

Кинг резко затормозил. Крейг ударился головой и выругался. Кинг ошеломленно взглянул на своего напарника.

— Англичане изменили в прошлом году всю систему шифрования, — чуть запинаясь, произнес он. — Мне как раз говорили об этом наши специалисты из технического отдела. Они считали, что англичане напрасно взяли код NW, который может иногда давать сбои из-за особой сложности программы.

— Код NW, — повторил как заклинание Крейг, изумленно глядя на Кинга. — Они применили новую систему шифровки, тогда как у остальных применялась другая система.

— Наши специалисты считали, что она более точная и технически безупречная. — Кинг убрал руки с руля. — Код SB-4. Все считали, что его невозможно дешифровать. Они говорили, что это самая лучшая система в мире.

— Подожди. — Крейг достал телефон, лихорадочно набирая номер. И, не дожидаясь ответа, сразу закричал: — Пол, это ты? Что ты делаешь?

— Ты с ума сошел, Джеймс, — ответил заспанный Пол. — Откуда ты звонишь? В Вашингтоне еще шесть часов утра.

— Извини, но у меня важное дело. Кто, кроме англичан, ввел код NW, ты можешь сейчас вспомнить?

— Такие вещи не обсуждают по телефону, — разозлился Пол, — положи трубку. Я не буду с тобой разговаривать.

— Отвечай, — рявкнул Крейг, — все наши секреты уже давно знают в других странах. Кто еще ввел этот код?

— Он передается через спутник и пока не очень совершенный, — пробормотал Пол. — Кроме англичан, его никто не применяет. Есть другой космический код, надежный и технически безупречный — SB-4, с которыми работают наши специалисты. Ну все, хватит. Только за обсуждение подобных проблем по телефону меня выгонят со службы.

— Последний вопрос. Немцы и французы применяют этот же код?

— Ну конечно. У них же нет своих носителей. С точки зрения шифровальщиков, это абсолютно надежный код. Который невозможно взломать. Для этого нужно полететь в космос и там переделать наш спутник. Алло, ты меня слышишь?

— Слышу, — глухо ответил Крейг, — спасибо тебе, Пол. И извини, что я тебя разбудил.

Он убрал аппарат и посмотрел на Кинга.

— А мы по привычке искали информаторов, — горько произнес Крейг. — Мы все были уверены, что среди нас появился очередной предатель, который сдает информацию русским. И никто даже не задал себе вопрос, как могли такие информаторы появиться одновременно в нескольких разведках и в нескольких странах. Космический код SB-4. Пол говорит, что он абсолютно безупречен. Чтобы до него добраться, нужно иметь собственные космические войска, которых нет ни у кого в мире, кроме русских. Вот тебе ответ на все наши вопросы. Нужно было сразу выходить на Агентство национальной безопасности. Они наверняка знают о возможной дешифровке подобных кодов. А мы в это время сидели и анализировали действия наших агентов, выискивая среди них информатора русских.

— Тогда получается, что «ликвидаторы» прибыли с официальной миссией, — негромко заметил

Кинг. — Ты понимаешь, что это означает, Джеймс? Это новая «холодная война».

Крейг молчал. Он уже представлял, что ему придется докладывать обо всем новому директору ЦРУ.

СООБЩЕНИЕ СИ-ЭН-ЭН

30 мая 2006 года на должность Генерального директора ЦРУ назначен генерал Майкл Хайден. Президент Джордж Буш выразил благодарность его предшественнику за хорошую работу и пожелал успехов новому руководству Центрального разведывательного управления США.

Вашингтон. Округ Колумбия. 30 мая 2006 года

Посол России был приглашен в Государственный департамент США, где ему была вручена специальная нота. В ней особо оговаривалось, что группа российских граждан проникла на территорию Соединенных Штатов в целях совершения преступлений против бывших граждан Советского Союза и России. Все преступления были указаны со свойственной американцам скрупулезностью. Перечислены все погибшие за последнее время бывшие агенты и указаны способы их умерщвления. Заодно внимание посла обращалось и на обстоятельство гибели двух неизвестных граждан, которые погибли в Сан-Франциско несколько дней назад, имея документы на имя канадского бизнесмена Модлинга и его секретаря Энтони. Посол холодно заметил, что не может отвечать за действия канадских граждан, но обещал довести ноту до внимания своего Министерства иностранных дел. Это была официальная часть протестов американской стороны.

Вечером этого дня по предложению американцев состоялась встреча резидента российской внешней разведки и нового исполнительного директора ЦРУ Майкла Морелли, который занял этот пост одновременно с Хайденом. Они встретились на лужайке небольшого парка, далеко от центра города. Оба были профессиональными разведчиками и давно знали друг друга. Поэтому разговор начался без особых вступлений.

— Что происходит, Георгий Николаевич? — спросил Морелли. — Мы снова враги?

— Вы в очередной раз придумываете себе врагов, — возразил резидент российской разведки.

— Мы ничего не придумываем. Ваши «ликвидаторы» убили несколько человек в нашей стране. И все эти люди — бывшие офицеры КГБ и ГРУ. Что мы должны думать? Что вы разработали специальную программу уничтожения бывших агентов?

— Это чушь, — возразил Георгий Николаевич, — никто такую программу не мог разработать. И я официально вам заявляю, что моя служба не имеет к этому никакого отношения.

— Двое «ликвидаторов» погибли в Сан-Франциско, — напомнил Морелли. — Это были ваши люди?

— Нет. Мы о них ничего не знали. И меня удивляет, что кто-то может действовать от нашего имени. Мне кажется, что никакой загадки здесь нет. Кто-то намеренно хочет нас поссорить перед визитом господина Буша в нашу страну и саммитом в Санкт-Петербурге. Вы знаете, какое значение мы придаем этим встречам. И мы бы не стали срывать их столь глупым способом, убирая отживших свое агентов.

— Тогда кто? — поинтересовался Морелли. — Кто решился на подобную операцию?

— Не знаю. Возможно, кубинцы. Или группа из Венесуэлы. Может, так решила отличиться Сирия. Или Китай. Мы тоже проверяем. У вас слишком много в мире врагов. Вы плодите их с ужасающей скоростью. Возможно, что здесь действовала иранская разведка, которая давно пытается нас стравить, в том числе и в Баку. Вы же знаете, что у нас есть разногласия по их ядерной программе. И они хотят этим воспользоваться. Я излагаю пока только свои версии. Но их много, и мы все будем проверять.

— Наши аналитики тоже считают, что ваша служба не пошла бы на подобный авантюристический план, понимая, как невозможно будет скрыть подобную операцию. Но тогда кто? И почему аналогичная операция проводится и в Европе, где также гибнут ваши бывшие агенты.

— Вот видите, — кивнул Георгий Николаевич, — это только подтверждает мои слова. Нас пытаются поссорить и с американцами, и с нашими европейскими союзниками. Кто это делает, мы не знаем. Но пытаемся узнать.

— Я могу передать руководству ваши слова о полной непричастности российских спецслужб к подобным активным мероприятиям? — уточнил Морелли.

— Безусловно. Более того, если подобные типы появятся и в нашей стране, мы будем знать, что их послали не вы.

— Возможно, что мы начали бы более тщательную проверку всех остальных сотрудников спецслужб, действующих на территории нашей страны, — продолжал Морелли, — но у нас есть неопровержимые доказательства возможного участия ваших сотрудников в этой операции. Дело в том, что наши технические службы не сумели защитить созданный несколько лет назад суперкод SB-4, о котором вы знаете. Но изменение кода и его новая настройка возможны только с помощью очень дорогой многоцелевой аппаратуры, запущенной в космос. Как вы понимаете, ни кубинцы, ни сирийцы и ни китайцы такими возможностями не располагают. Вам не кажется, что наши подозрения выглядят несколько обоснованными. Тем более в свете проверок Агентства национальной безопасности.

— Вы имеете право на проверки, — подтвердил мрачный Георгий Николаевич, — но у меня нет никаких сведений по поводу этих людей.

— Надеюсь, что мы больше не увидимся с вами по этому печальному поводу, — сказал на прощание Морелли, протягивая руку. — Что нам делать с телами погибших?

— Не знаю, — ответил Георгий Николаевич, — это не наши люди. И не наши сотрудники, мистер Морелли, можете мне поверить. Мы их сюда не приглашали.

— До свидания. — Они церемонно поклонились друг другу и разошлись. Морелли отправился докладывать руководству о своих впечатлениях. Его российский коллега был прав, срыв саммита никак не входил в планы Москвы. Но, с другой стороны, только взломав абсолютно совершенный технический код, можно было выйти на суперсекретные компьютеры ЦРУ с помощью космических спутников. Морелли ставил под вопрос возможное участие Москвы в подобных проектах, не исключая заинтересованность каких-либо российских спецслужб. Георгий Николаевич, вернувшись домой, сел за составление отчета, в котором обращал внимание на возможность провокации других разведслужб, сотрудники которых проникли на территорию Соединенных Штатов. Оба даже не подозревали, что стоят на пороге больших потрясений, которые должны были произойти в их службах.

Москва. Россия.
30 мая 2006 года

Вчера он прилетел в Москву. И сразу отправился к генералу Попову. Тот мрачно посоветовал оформлять документы и увольняться из службы безопасности нефтяной компании. Отныне полковник Тимур Караев считался преподавателем Академии ФСБ с окладом согласно штатному расписанию. Вчера он оформил все документы. А сегодня после напряженного дня встретился глубоко под землей с самим Большаковым.

— У нас произошло большое ЧП, — сообщил Большаков, — погибли двое наших сотрудников. Мы сейчас анализируем, пытаемся понять, что именно произошло и как это могло случиться. Но, в любом случае, мы должны продумать наши дальнейшие действия.

— Мне уже рассказали о случившемся, — сообщил Караев. — Я считаю, что произошла элементарная недооценка противника. Прекрасно зная, что у дома Скобелева может быть засада, они разработали свой план. Прекрасный план, но он не учитывал возможности провала. А это обязательно нужно учитывать при составлении подобных планов. Кроме того, они разделились и не смогли защитить друг друга. Я полагаю, что мы сумеем более тщательно проанализировать случившееся и найти решение подобных проблем в будущем.

— Хорошо, — кивнул Большаков, — очень хорошо, что теперь вы работаете с нами. И никогда не забывайте об этом, полковник Тимур Караев. Вам оказано большое доверие. С сегодняшнего дня вы член нашей организации. Вы понимаете, какое доверие мы вам оказали?

— Да, — кивнул Караев. Он подумал, что так принимали в закрытые масонские ложи после продолжительных проверок и допросов. А может, сама организация и была подобием некой новой ложи, о которой еще никто не знал.

— У вас есть новая знакомая. — Большаков даже не скрывал, что все знает. — Это хорошо. Но она замужняя женщина и нам не нужны проблемы. Поэтому предложите ей официально развестись с мужем; она, кажется, не возражает против этого. Мы не вмешиваемся в личные дела наших сотрудников, но с этого момента все ваши личные дела становятся и нашими проблемами. Вы меня понимаете, Караев?

— Разумеется. — Он незаметно вздохнул. Но Большаков не сказал главного. Теперь все проблемы организации будут и его личными проблемами. Впрочем, он это уже давно осознал и хорошо представлял, куда он пришел.

Литературно-художественное издание

Абдуллаев Чингиз Акифович

ЗАПАДНЫЙ ЗНОЙ

Ответственный редактор *С. Рубис*
Редактор *А. Нехорошев*
Художественный редактор *А. Сауков*
Технический редактор *О. Куликова*
Компьютерная верстка *О. Шувалова*
Корректор *М. Пыкина*

В оформлении переплета использована иллюстрация
художника *В. Петелина*

ООО «Издательство «Эксмо»
127299, Москва, ул. Клары Цеткин, д. 18/5. Тел. 411-68-86, 956-39-21.
Home page: **www.eksmo.ru** E-mail: **info@eksmo.ru**

Оптовая торговля книгами «Эксмо»:
ООО «ТД «Эксмо». 142700, Московская обл., Ленинский р-н, г. Видное,
Белокаменное ш., д. 1, многоканальный тел. 411-50-74.
E-mail: **reception@eksmo-sale.ru**

Оптовая торговля бумажно-беловыми
и канцелярскими товарами для школы и офиса «Канц-Эксмо»:
Компания «Канц-Эксмо»: 142702, Московская обл., Ленинский р-н, г. Видное-2,
Белокаменное ш., д. 1, а/я 5. Тел./факс +7 (495) 745-28-87 (многоканальный).
e-mail: **kanc@eksmo-sale.ru**, сайт: **www.kanc-eksmo.ru**

Полный ассортимент книг издательства «Эксмо» для оптовых покупателей:
В Санкт-Петербурге: ООО СЗКО, пр-т Обуховской Обороны, д. 84Е. Тел. (812) 365-46-03/04.
В Нижнем Новгороде: ООО ТД «Эксмо НН», ул. Маршала Воронова, д. 3. Тел. (8312) 72-36-70.
В Казани: ООО «НКП Казань», ул. Фрезерная, д. 5. Тел. (8435) 70-40-45/46.
В Ростове-на-Дону: ООО «РДЦ-Ростов», пр. Стачки, 243А. Тел. (863) 268-83-59/60.
В Самаре: ООО «РДЦ-Самара», пр-т Кирова, д. 75/1, литера «Е». Тел. (846) 269-66-70.
В Екатеринбурге: ООО «РДЦ-Екатеринбург», ул. Прибалтийская, д. 24а. Тел. (343) 378-49-45.
В Киеве: ООО ДЦ «Эксмо-Украина», ул. Луговая, д. 9. Тел./факс: (044) 537-35-52.
Во Львове: Торговое Представительство ООО ДЦ «Эксмо-Украина», ул. Бузкова, д. 2.
Тел./факс (032) 245-00-19.

Мелкооптовая торговля книгами «Эксмо» и канцтоварами «Канц-Эксмо»:
117192, Москва, Мичуринский пр-т, д. 12/1. Тел./факс: (495) 411-50-76.
127254, Москва, ул. Добролюбова, д. 2. Тел.: (495) 745-89-15, 780-58-34.

Полный ассортимент продукции издательства «Эксмо»:
В Москве в сети магазинов «Новый книжный»:
Центральный магазин — Москва, Сухаревская пл., 12. Тел. 937-85-81.
Волгоградский пр-т, д. 78, тел. 177-22-11; ул. Братиславская, д. 12, тел. 346-99-95.
Информация о магазинах «Новый книжный» по тел. 780-58-81.
В Санкт-Петербурге в сети магазинов «Буквоед»:
«Магазин на Невском», д. 13. Тел. (812) 310-22-44.

По вопросам размещения рекламы в книгах издательства «Эксмо»
обращаться в рекламный отдел. Тел. 411-68-74.

Подписано в печать 14.12.2006.
Формат 84×108 $^1/_{32}$. Гарнитура «Петербург».
Печать офсетная. Бумага тип. Усл. печ. л. 15,12.
Тираж 22 100 экз. Заказ № 5894.

Отпечатано в полном соответствии
с качеством предоставленных диапозитивов
в ОАО «Можайский полиграфический комбинат».
143200, г. Можайск, ул. Мира, 93.